开学第一课

国家教育部、中央电视台联合推荐
全国中学生梦想美文优秀作品

和头顶的星空一样美

《开学第一课》编写组　编

时代文艺出版社

图书在版编目（CIP）数据

和头顶的星空一样美 /《开学第一课》编写组编.
—长春：时代文艺出版社，2016.2（2023.7重印）
（开学第一课.中学生）

ISBN 978-7-5387-5065-2

Ⅰ.①和… Ⅱ.①开… Ⅲ.①中国文学－当代文学－作品综合集 Ⅳ.①I217.1

中国版本图书馆CIP数据核字（2015）第287486号

出 品 人 陈 琛
责任编辑 余嘉莹
装帧设计 孙 利
排版制作 隋淑凤

和头顶的星空一样美

《开学第一课》编写组 编

出版发行 / 时代文艺出版社
地址 / 长春市福祉大路5788号 龙腾国际大厦A座15层 邮编 / 130118
总编办 / 0431-81629751 发行部 / 0431-81629755
官方微博 / weibo.com / tlapress 天猫旗舰店 / sdwycbsgf.tmall.com
印刷 / 北京市一鑫印务有限公司
开本 / 710mm×1000mm 1 / 16 字数 / 109千字 印张 / 12
版次 / 2016年2月第1版 印次 / 2023年7月第3次印刷 定价 / 36.00元

图书如有印装错误 请寄回印厂调换

《开学第一课》编委会

编委会主任：韩　青　许文广

主　编：许文广

副主编：卢小波

编　委：张雪梅　骆幼伟　张　燕　吴继红

　　　　陈　琛　娜仁琪琪格　苗欣宇

《开学第一课》的价值

有人问我，《开学第一课》的价值在什么地方？我认为最重要的就是全社会希望并通过我们传递出来的价值观。多元是时代进步的标志，我们尊重不同的声音和价值理念，但是作为教育部和中央电视台联手举办的这项公益活动，我们要传递的是主流的、与时俱进又符合中华文明传统的价值观。

在2008年，我们通过《开学第一课》传递了抗震精神和奥运精神；2009年正值新中国60周年华诞，我们在象征着民族精神的长城，为孩子们播撒下爱的种子；2010年，我们告诉孩子们，一个拥有梦想的民族，一个不断仰望星空的民族，就是拥有未来的民族，人生的每一个阶段都需要梦想的指引、坚持和探索，而每个人的梦想汇集起来就可能成为国家的梦想、民族的梦想。

举办《开学第一课》三年来，我个人也有一个梦想，我梦想这项目光远大、朝气蓬勃的公益活动能够坚持举办10年，让它给这一代孩子的成长提供正面的、积极向上的力量，这就是《开学第一课》的意义所在。

我希望全社会的力量汇集起来，给孩子们一种价值观的教育，中央电视台愿意承担使命，联同教育部把这项公益活动做好。我们也欢迎全社会各界积极参与、支持，从出版、纸媒、网络、志愿行动、慈善事业等各个方面，加入到这个追逐共同梦想、打造恒久价值的公益活动中来。

由此，我亦十分高兴地看到《开学第一课》系列丛书的出版，我相信时代文艺出版社正是基于我们共同的理想，以出版的力量为孩子们的未来创造了更丰富的阅读食粮，为《开学第一课》的精神理念提供了更多样的传递方式。

中央电视台 许文广

CONTENTS

目录

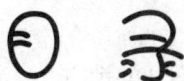

第三部分　给自己点一盏灯

第四部分　做梦的季节

第五部分　记忆深处的花朵

第六部分　绿色的脉动

第一部分

那片云从天边飘过来

　　记忆里还是几年前一个阳光明媚的夏天，三个少年并肩坐在荷花池旁。从左向右是冗南、浅袭、桑易，从右向左是桑易、浅袭、冗南。阳光把三个人的影子拉得很长很长，就那样互相交错在一起，笑声一起传得很远很远，惊扰了整个夏天。

——苏笑嫣 《色彩少年》

色彩少年

苏笑嫣

墨 色：

那片云从天边飘过来，洒下一阵阴冷的雨，又面无表情地飘到了天的另一边去，不知又给哪些地方带去了潮寒的气息。村子里的路上，无论青石板或是柏油路又或是黄土地都无一例外地积满了深深浅浅的水洼。头顶上的树叶呈现倾斜的形状，无力地延伸着，兜不住的雨水止不住地往下掉。

浅袭靠在门的一侧愈发觉得凉了，可又不肯动上一动，只是将交互的双臂更加向内紧了紧。街上还有少许声音，在雨后潮湿的空气中传播得愈显空旷。可便是如此浅袭的心还是无法安静，焦躁的火气似乎并不能被雨水打灭半分。抬头看了看天，曙红、湖蓝、土黄和乌涂涂的灰色以并不纯净的色相拼凑着涂抹在一起。低低地向下压了下来。触及树冠、触及屋顶，以浑厚的姿态愣生生地挤向大地。浅袭的心也像是被挤去了大半，她有些喘不过气来。

屋内有人咳了两声，浅袭稍稍回了回神，她侧过身子朝里面看了看，盯久了天空屋内的光线显得十分昏暗，像是被墨绿色把表面都水水地刷上了一遍。浅袭揉了揉眼睛，没什么变化，便也不去管它径自望了过去。

少年的咳声并不是有意的，或许是因为天凉微微感了风寒。他面前是一副长长的桌案，上面铺设着一大张白纸，一支毛笔在少年的手中灵活地飞舞在纸面上，黑色，墨水将纸面晕染上大片的安详。少年像笔下的颜色一般镇定，不紧不慢、灵活自如。浅袭微微蹙起了眉头，唇间似乎动了动，但她还是马上恢复了之前的面无表情又将身体转了回去。

也许是心中实在躁动不安，浅袭实在是无法再站下去，便抬腿向院外走去。只走了两步，身后便传来了声音——沉稳而瓷实的，让人心里踏实——"浅袭——要走了么？"

少女微微侧过头："嗯，冗南你接着画，空气很好，我想在外面散散步。有时间来找我玩。"浅袭说着便已走到院门，忽地抬起眼眸对走到了院子里的少年笑了笑，笑容有些勉强，然后就迅速地沿路拐了过去，裙脚倏地便消失了踪迹。

叫作冗南的少年手中的毛笔滴落了两滴墨水在地上，很快就被院里的黄土吸收了下去，少年仍是愣愣地盯着门外空旷的街道，眼中说不出是落寞、不解或是什么其他。眼前好像还有那么一个裙脚忽的那么一下从门边上蹭了过去。一下又一下。

纷 乱：

桑易一直在担心着，尤其在这个当口他像热锅上的蚂蚁一样坐立不安——事实是明摆着的，作为同门师兄的冗南一直就是模范一样的人物——大街小巷里听到他的消息从来都是好评，像什么"冗南那孩子，有天分又刻苦，真叫人喜欢"，又或是"好喜欢冗南哥哥的画，和别人的都不一样呢"云云，师父也一直是把冗南引以为傲的，每次只有看到这位大师兄才会露出难得的笑脸。于是大家默认的，冗南已经成为村子里甚至镇里的画虎第一人了。

桑易觉得自己的画也是不错的，当然这也是事实，大麦村是国内有名的画虎村，很多关于老虎的画作都出自大麦村，每每到供货的繁忙时期村里都会安排把冗南和桑易作为主力，由冗南负责黑白部分、桑易负责彩色部分，每每都会迎来个满堂彩。对于这点桑易还是很骄傲的，只是他觉得无法展示自己的黑白画法还是很遗憾的一件事，更关键的是他从未看过师兄冗南的色彩笔法，完全不知道这个强劲的对手的实力。

"这很糟糕"，桑易掐掉手中已快燃尽的烟头，缓缓从口中吐出白色的烟雾来。他拿自己的黑白画作和冗南的比过，他在心里承认与之并不在一个水平上，如果冗南的色彩也不在自己之下的话，那么……桑易使劲晃了晃脑袋，没有让自己再想下去。

一直以来，一直以来自己似乎就是超不过冗南了，永远都只能被压在他的下面然后微笑着仰视他，还要对高处的层层光环表示祝贺。已经受够了，桑易想着。

"在想比赛的事吗？"

声音尖细却很好听。桑易蓦地一惊抬起头来，女孩的大碎花裙子被风吹得飞舞着微微涨了起来，乱了他的眼睛。桑易放下手中自己正心不在焉地摆弄着的烟盒，他慢慢站起身来，语气平和："你来了。"

冗 南：

我叫冗南。今年19岁。

很小的时候父母就把我送到了画院开始学画，我很喜欢这样的安排，因为我喜欢画，非常喜欢。

师父说我很有天分，只画了一段时间他就惊喜地发现了这点，并明显地表现出了对我的器重。他是喜欢我的，对我也是最为严格的，他对我说，冗南你要好好画，你的未来是比任何人都要辉煌的你知道吗。我少不更事，只是点点头，点头而已。但我相信我会好好画下去的，从那时起就毫不怀疑。

然而没有事情是十全十美的，学习美术，我有一个致命的弱点。师父每每想到这点都会叹气，他说冗南这样的事情怎么会发生在你身上呢？我也不知道该说些什么，只是觉得自己都可以无所谓的，但是很对不起师父。于是我更加努力地画，为了父母的希望，为了师父的心血，为了自己的梦。

师父对我的教导是毫无保留的，从小和他朝夕相处便如我的父亲一般。每天清晨起来和他一起晨练，一起走进画室，一起安静地画画，一天又一天，转眼12年。

师父的耐心为我的绘画打下了坚实的基础，但一旦我的错误长期不改一如既往他也会生气甚至愤怒，往往那些画就会变为碎片零落一地。我知道师父把很多东西都寄托在了我身上，我知道。我永远都记得10岁那年在儿童组比赛中赢得一等奖时师父兴奋的表情，那是我第一次获奖，师父一扫了往日的严肃，笑容竟然像个老小孩一样，牵着我的手到糖果店去，说南南你爱吃什么糖果，师父给你买。嗯，这个芝麻糖是师父小时候最喜欢的，南南你喜欢吗？南南，南南……

他不知道那个10岁的小男孩已经在他身后红了眼眶。

我不知道我还能做些什么，于是我一直默默地画，默默地画，从未停笔，从未厌倦。心无旁骛。

就在我10岁获奖那年，桑易来了。

画院随时有人离开，进来却很困难，桑易刚进门的那一刻我就看到了他眼中的一种东西，是我没有的。是聪慧吗，还是不安分？学了一段时间，他的画也是很好的，他擅长画色彩，总是华丽而飘忽不定的风格，不像我，总是那样的沉闷，连同画都一起沉闷了下去。那时浅袭总是会看看桑易的画又看看我的画撅着嘴说，小南呀，你就也画一张五彩缤纷的送给小袭还不行吗？留给小袭一张快乐些的。我总是笑笑，然后沉默，浅袭站上一会儿觉得没趣也就一声不响地走开了。是啊，桑易送给过浅袭很多张画的，一定都是她喜欢的风格。师父说她总是穿得像是一块大调色板。

浅袭是师父的女儿，笑声像是铃铛一样，回忆里那样的声音从长廊的另一头曲曲折折一路穿梭过来，我一度为此惊诧，却引为幸福。那样一个笑靥如花的女孩。

浅袭喜欢新鲜事物，喜欢发现，喜欢喋喋不休。我们总是在休息的时候，阳光澄明的午后，一起坐在荷花池的边上，浅袭会说小南啊你知道吗……她说话的时候那么快乐，快乐得忘记了周遭的一切，她的兴奋的眉梢、吊起的眼角、翻动的嘴唇和比画着的动作在我看来都是那么快乐地夸张和自然美好。我不是一个善于表达的人，每每只是坐在一旁认真地听着她说，看着她在阳光下水果一样的脸，那样平静幸福的时光。

后来，荷花池边我们的队伍里，又多了一个人，就是桑易。桑易和浅袭很谈得来，他们谈游戏、谈新闻、谈演唱会、谈这个五彩缤纷的世界。这回我成了一个彻彻底底的旁听者，彻底的。即使浅袭总是会记得和我搭话，但这穿插得该有多么刻意和不自然，我们都明了的。

后来，该是浅袭走的时候了。她也是爱画的，但她说她要离开大麦村出去学画，她说她要看看外面的世界，她说她厌倦了。那天她拖着一只大大的行李箱出现在我的门口，说，冗南我要走了。我依旧没有说出话来。她微微颤了颤嘴唇，说冗南你给我画张画好不好，什么都不要，只是铅笔素描就好了。我点了点头。冗南，我注意到了，你把我叫作冗南。

浅袭坐在木椅上，是忧郁的神色。我的心里隐隐地痛了起来，提起笔很长时间都没有静下心来。那是一个靠窗的位置，明亮的阳光洒进来在她发丝上跃动，就像曾经的荷花池的夏天。只是，我面前的这张面孔，我未曾想过它会出现忧郁的神色。小袭……是因为离愁吗？

那天夕阳下的背影一直停留在我的记忆里，那样的坚定决绝。行李箱滑过的痕迹一下下地烙在我心里，轮子与石子磕碰的声音被无限放大，在我脑中留下轰然作响的残音。天际的云和你的影子一同渐行渐远，在我的视线中消失了踪迹……

日子就那样平平静静地过了几年，我和桑易的画愈发好了起来，被大家所承认，也一直被做着比较。我是无所谓的，我只知道只要我画着我就是快乐的。可很多时候一个人沉沉地画着，心里蓦地就觉得空落落的，一阵阵银铃一样的笑声从记忆深处渗发着就飘忽了出来，像一颗颗晶莹剔透的玻璃球，丁零零一声，就砸在了我心中的硬土上，徐徐滚动，余音依旧空空地回荡。抬起头来，窗外是明媚得刺眼的阳光。

眼前一个瘦弱的身影晃晃地被光芒吞噬。小南，冗南……

终于，她回来了。因为那场被传得沸沸扬扬的美术比赛。比赛很权威，分量很重，大麦村只有一个名额，以大麦村的绘画水平，一旦参赛名次是不在话下的，焦点就是我和桑易了，可要怎么抉择呢，我不知道。我只知道她回来了，浅袭回来了。

浅袭回来的那天，被阴雨缠绵了数日的大麦村突然就放晴了，晴朗得令人猝不及防。她依然是喜欢穿连衣裙的，回来的时候她一脸安静，蓬松的头发搭在肩上，不声不响地就出现在了画室。她丝毫没有理会画室里新生们的疑惑声音表情，也没有去管旧识的惊异声色，她对周围的一切视而不见一般就不带表情地便径直走向了画室靠窗的角落坐下，拧开随身携带的水壶慢慢喝起了水。

浅袭，浅袭，这是那个离开时的浅袭。你是因着什么变了呢？

又是一个阴雨天，浅袭也已回来了数日，她学会了安静，可我知道，她的心一定不曾静过。我在屋中画着山水，她倚在我的门口，神色纠结，外面的天空辽远却低沉，她像一只挂了线的风筝，目光向着远方。我看见她的裙脚飞扬得很好看。

可是，小袭，你在忧愁着什么呢？你看了看天，你走了，你留下在院中发愣的我。也许刚才我是应该关心地嘘寒问暖，又或是在这个凉秋里给你披上件外衣吧，我知道的，应该是这样子的，可我从来都做不出来，为什么呢，为什么呢我也在问自己，也许你也是在心中问过的吧。好讨厌这样的自己。可他不一样，他懂得应该怎样去关心你，和他在一起你才聊得开心才能得到应有的爱惜。我只是个木头人，桑易他不一样。

大赛的日期临近了，名额的归属也该有个决定了，而抉择的方法，竟然是浅袭出的。那天浅袭跟在师父的身后来到画室，摆了一个小盒子在师父面前。竟是再简单不过，我和桑易必定是要有一场比赛的，比赛的内容既然师父不能偏袒谁，那就由老天来决定。抓阄。师父若是抓到黑白就比黑白技法，反之若是抓到色彩就比色彩技法。是个很公平的方法。

当师父把那团从盒子中抓出的纸团徐徐展开时，纸上赫然两个大字：黑白。

桑 易：

我叫桑易，今年21岁。

13岁那年家人送我去学画，毕竟大麦村是画虎村，画画才是一个好的出路吧。家里人是想让我学出个名堂的，为我找了村里最好的画院去学画，封闭式的一样，食宿都在画院里。我没有说什么，比起其他的农村孩子来说我已经幸福多了，毕竟这是一条出路，我要离开这里，离开这个小山村，我一定要学出来的，虽然我并没有对画画抱有怎样的热情。

师父发现我的色彩感觉很好便收了我。画院里的人并不算太多，他是我第一个记住的人，很特殊，他叫冗南。我到画院的第一天，师父领我进画室的时候，他停下手中的笔看了我一眼，眼神竟然那样深刻睿智，不像是那个年龄应该有的。他看着我的眼睛就像看到了我的心，我不知道自己在慌忙掩饰着什么。真是一个叫人害怕的角色，从那一刻起我就认识到了这点。对视的时间并不长，只是短暂的一瞬他便继续自己的画去了，我偷偷地看了一眼，水墨画，沉寂中似乎埋藏着一种意图迸发的风雨大作。后来我才知道，他是师父的得意门生。听到"得意门生"这四个字时，想起他的眼神，心中不自主地恐慌和不屑。我不喜欢这种压抑感。

只是少数几次看到他画画，大多时候冗南是和大家分开画的，这就是"得意门生"的特殊待遇吗？我告诉自己，要走出这个山村，我就必须要像他一样，甚至超越他。我要努力画画，我相信我自己总有一天会成功，我要掌握自己的命运。

还好，画院并不是只教画虎，只不过画虎作为村中的特色是一定要掌握的，但也只是一个旁支，学习的内容很全面也不致使我感到过于乏味。大概是天道酬勤吧，我虽然入学不算早，但凭着努力还是取得了很好的成绩。然而我每次都比他差一点，除了画画的技法外，还是比他差了那么一点。可这一点究竟是差了什么呢？难道仅仅是因为时间？我找不到答案，我翻看很多名家作品集，我发了疯一样的临摹、写生、揣测，可是到最后我都是比不上他。我险些就要放弃了。对我而言在这个时候放弃美术就等于放弃了我所有的努力、放弃了我的抱负、放弃了我的人生。然而，就在我几近崩溃的时候，她出现了。

她叫浅袭，我不知道为什么直到那刻我才注意到她的存在。大概是我平日里一心只在刻苦学习美术上吧，我知道师父有个女儿叫作浅袭的，也经常能看见她在画室里来回穿梭，并未多去在意，觉得与其他女孩没有什么不同，印象中大约是很善谈的样子，总是一脸明媚的表情。大概也是知道的她和冗南很好，自小的玩伴吧，不过于我没有多大关系。直到那日。

那日我正苦闷地坐在自己的画前仔细端详却又不知所以。同学们都惊叹这幅画的好，可是我自己知道，这幅画对我的意义与从前那些张一样的千篇一律没有什么不同，那一点我没有找到，一定是缺了什么。

我想得烦闷，心中浮躁不能平静。身体安静地坐在那里，心里却剧烈运动着要爆炸一般，我感到自己的躯壳就要被挣破，我意图像一个野兽一般怒吼。

　　"嗯，画得漂亮，技法很娴熟，理解得也很丰富哦！"声音清脆动听，突然出现在我身旁。我扭头看去，浅袭不知什么时候站在了一旁，双手背在身后，见我扭头过来便微微一笑，是天真纯净、毫无杂质的笑容，掺杂着那个季节淡淡的荷香，是那样温暖恬适。那一刻不经意间阳光晃了我的双眼。

　　只是她给的评价，却与他人无异的稀松平常。我摇了摇头，又继续低眼端详自己的画。她的声音却再度响起："只不过，太模式化了你不觉得么？"

　　我蓦然抬头，她犹豫着看看我说："嗯，你把从别人那学到的东西都搬了上去，可是你自己的感情呢？"

　　你自己的感情呢，你自己的感情呢……我顿然醒悟，原来是这点。我苦笑，学习美术只不过是我改变命运的跳板，我从未对它交付其他任何感情，这些画不过是没有灵魂的东西。原来如此。究其根本，其他的我与冗南相差的所有，我都可以通过努力学习来弥补，可这点……呵，我刻苦学了那么多年意图超越他，结果却是从开始就注定了我的失败。我感到自己狼狈极了，最终只是一个供他人指指点点的笑话而已，这么多年，这么多年的刻苦学习不过是给了自己一个禁锢的链条！

　　"不用多想了啊，下次注意这点不就好了，总这样坐在这里闷死人的！一起去荷花池聊天吧，小南也在哦！"

　　小南？哦，应该就是冗南了吧。也不等我回答，她就兀自把我拽到了荷花池，果然是冗南也在的。

　　还记得那是夏末的时光，植物呈现疲态的睡意，室外的阳光对我有些刺眼，那些光热强迫地钻进我的毛孔，并在血管中奔走肆意。浅袭欢快地谈论着一些琐碎小事，冗南还是那么安静，但也很轻松闲适。我惊异地发现，原来求学中也可以有这样轻松淡然的时光。

　　浅袭像是一个快乐的天使，她在生活中的发现似乎只有明媚和阳光，那样美好。此后每个午后的时光便成为我一天的期盼和精神的支撑，喜欢听一个人叽叽喳喳说个不停一脸兴奋，喜欢那刻浓稠的时光。为此我多关注着她的话题并尽量去做着了解，为此我开始关心信息以了解她口中的外面的世界。这样的时光是我当时的一个小小的满足，在我日后的回忆中还是那样不曾褪色的奢侈，充满迷离的懵懂和幸福。

　　她是一个糖果一样的女孩，像她的笑容，像她的声音。她喜欢那样糖果颜色的衣物，没有什么固定，只是随意的撞色，总是那样好看。总是有两个耳环在她脸颊旁那样晃呀晃的，晃得一片恍惚，在我的梦中来回作响。

　　我为她画了很多画，用各种各样的颜色，她看起来是喜欢的，我心中的那份小小的满足感不明成分，就是这样慢慢堆积，像鸦片一样的上瘾。

　　那些作品……该是有着灵魂的吧。

　　我知道浅袭一直向往着外面，从她谈话的内容，字里行间。那年她终是决定了离开，很大很笨重的行李箱，她显得那样瘦小却又倔强。只是"我走了"这样的道别，不能再简短。她转身的那一刻我突然的害怕，不知为了什么。只是心底的扯空和恐慌真切地像一个谎。也许我预见了什么，或是早就得出了某些东西的答案，只是我未曾想下去不敢想下去，可它终是要发生的。

算了，毕竟有些东西只是属于它自己固定的时光，过了，就不再。即便眼睁睁看着，也只能任它渐渐走远。走的不只是浅袭这个人。

我和冗南又开始了苦行僧般的学习，画画，画画，偶尔回忆，这就是我的生活。终于那场比赛要来了，我梦寐以求一直等候着的机会来了，她也回来了，只剩下那一点点我就终于可以释怀地欢呼了，可是那一刻，师父的手中抽出的，是黑白。

浅 袭：

我叫浅袭，今年18岁。

父亲是个画师，办的画院是大麦村中最好的，很有名气。总是有很多孩子来找父亲学画，小的时候就把这当作一件自豪的事情。

家里布满的都是美术的东西，画具、书籍、名画和父亲的作品。父亲是从心里爱画的，从我有记忆以来父亲就一直在画并保持着一种痴迷，那些忘我的安静和沉醉在一个孩子的心底保留，是不可造次的东西。

父亲理所当然的教我画画，我喜欢那些涂抹，喜欢用它们来表达自己，那是一种隐秘的欢愉。但我不喜欢那些条条框框，在我看来，画画应该是自由的。就像心。

冗南来到画院时我们还都是不懂事的孩子，可他画得那样专注，我被那种沉稳踏实所吸引，静静地看着他画，就像静静地看着父亲作画一样，神态与他一样的专注，留在我心里的是一种不容置疑的安全感。

冗南是安静的，甚至可以用娴静这样一个词语来形容。没有浮躁，没有喧嚣，一直以来的内心笃定和从容淡然。就像他的画一样。

父亲喜欢他的画，喜欢他这个学生，甚至安排了他一个人单独的画室。从没有人见过他的色彩作品，是一直保留的一个神秘，但所有人都知道他的画是最棒的，即使没有见过。

冗南的沉默使他的朋友并不是很多，可我想我是了解他的心的，他总是静静地听着我叽里呱啦说个不停，脸上带着干净的微笑。我兀自地说，他默默地听，构筑了我整个童年的幸福时光。单纯透明的时光。

那时的我们一起买画具，一起画黑白，一起玩耍，旁若无人。那时的小南和小袭是彼此不分形影不离的好朋友。

我的内心是不安分的，我对大麦村以外的世界莫名地向往，我渴望有一天能够飞出这个村庄。我不属于这里，我说，我不属于任何一个地方，甚至连我自己都不属于。我的心一直在飞呀，从这里飞向那里，又从那里飞向另一个地方。从不停歇，不知疲倦。我知道总有一天我会跟着我的心一起走的，这是注定的事情，因为我是浅袭。不论有多少纠缠，不论心中有多爱多恨把它装得有多沉，它都是一样要飞翔的，因为这是浅袭的心。

一切都可以归结得这么简单。就是这样，不管不顾，只是跟着心去走。

后来我发现了桑易，也是一个认真画的人，认真到恐怖。但很难看出他是真的爱画，他总是带有急躁，不知道为什么就是那样浮着，但他很刻苦，刻苦得让我为他惋惜。那天我忍不住告诉了他的缺点，他似是承认了，眼中闪烁着什么是我看不清的。我知道这对于他这样想画好的人来说未免有些残忍，可早些知道是好的。不想他在其中沉浸太长时间，想多了会使人自寻烦恼，也许那事本来是很简单的。我把他拽到荷花池与我们一起聊天，我惊讶地发现原来他喜欢的生活是这样。原来无论怎样的一颗心，即使翻江倒海也是埋藏着一份平淡，那是人们最初也最纯洁的东西。

后来桑易送给我许多画，魔幻一样的色彩，我很高兴终于在他的画里看到了他自己的想法，个人气质，那才是美术吸引人的东西。可是，我想要的，是冗南送给我的啊。

冗南那个小气鬼从未送给我一幅画，每次我见到他也只是看到他又在沉沉地画着黑白，每每他也只是一笑，不去理会我想要他的色彩的请求。别人不可以，难道小袭都不行吗？我不知道自己这算不算霸道，毕竟他是没有这个义务的，我知道。可是我竟是无法控制自己的感情，我就是不满就是伤心，就是如此莫名其妙。我甚至一度对我们之间多年的感情产生怀疑。一直是小袭一个人在喋喋不休，那么小南你呢，是否交付过同样的感情给小袭？不用同等的多，只要是这个性质的，多少小袭都不在乎。可是，可是，小南，你是否真的就只是一个旁听者？

我发现自己对这份感情产生了依赖性，但却又对这份依赖产生怀疑，我发现自己的心情和生活竟已不由自己控制，我知道我即将意志低沉。不，我知道没有自我的后果，我需要逃脱。

我要去找自己的那颗心了，纵使是以逃跑的姿态，如此狼狈。可是如果可以，小南你要等我。

城市喧嚣，车水马龙，我带着我所有的行囊在一个又一个红绿灯间怅惘。

偌大的行李箱空空荡荡，只有一张铅笔素描在里面沉默，又或低语。孤单的时候，无望的时候，只有那双忧郁的眼睛迷离地与我相望，陪我感伤。那是你笔下的眼睛啊。小南，那是你送给我的唯一一幅画，是我所有的行囊。

那天，你答应为我画一幅铅笔素描，是我离开的那天。我记得当时阳光漫澈，我不敢看你，不敢与你注视，生怕一抬头就掉下泪来。好强的阳光。室内潮湿的空气将我们包裹，柳条在窗外微微浮动，我轻轻地呼吸，生怕不小心打扰了你。

还是那样的专注和投入，是我一直以来最喜欢看的你的样子。低头修改，抬头观察，俯身到沉重的画箱中换取铅笔……记忆中的每个片段都是那样舒服踏实，那是属于小袭的心底最为珍贵和秘密的回忆。伸手可及却一触即碎。

可是小南，那天画完后你都告诉了小袭什么呀，晚了，晚了，一切都迟了。小袭已经决定要离开了，可是你要等我，要等我啊！

终于，那场大赛临近了，我知道我该回来了。

决 定：

比赛黑白，结果没有丝毫意外，冗南赢了。桑易不声不响地走出了画室，此后几天一直不见踪影。浅袭自从回来似乎习惯了倚在门侧，每天只是仰望天空，白衣黑裙一直穿在身上已洗出了皱褶。

冗南走的那天，天空一片高远，大麦村还没有脱离霉湿的天气。行李不多，只简单地装了些东西在军绿色的包里，村里很多人来鼓励被冗南一一谢过。浅袭陪冗南走到站台，没有什么话说，对视了良久只好挥手再见。

火车一声长鸣，女孩的身影被湮没在熙攘的人群里，冗南心中空了一下，想起那年她离开时夕阳下的背影。一样的单薄瘦弱，一样的故作坚强。那年的离开是她的选择，他没有给她保护和任何停下的理由，只是眼睁睁地任她奔走异乡。她是一个需要安全感的女孩，她是需要他的浅袭。这次的分离是自己能够选择的，也许一旦离开从此的未来都会不同，可是，会发生什么呢，不知道的。但有什么比给她安全感更重要呢？闭上眼，阳光，笑容，荷花的香气，上扬的嘴角……从小到大一幕幕温馨快乐的回忆，每一个，每一个里都住着这个精灵一样的女孩。没有，没有！他不能让她一直以来的等候再变为一个人的伤心落寞了，他这次要勇敢果断，他要回去保护他的小袭！

火车又是一声凄厉的长鸣，昭示着它的即将提速。突然一扇窗口一开纵身跃出一个身影，在地上打了几个滚没有了动静。冗南仰身躺在黄土地上咧嘴一笑，小袭，我回来了。

火车搭载着那个军绿色的书包一直向前方奔跑着，将鸣笛声向身后的天空中抛洒。晚霞红艳。

浅袭一个人默默地走出站台，眼前不禁潮湿蒙眬。从前的东西，大概再也找不到了吧，比赛归来的冗南又该是什么样子了呢，不知道，也不敢去想。只是无话不谈毫无间隙的时光早已随着年龄的增长而渐渐被琐事所掩埋，冗南还是冗南，浅袭还是浅袭，可怎么就抓不住了呢？液体在瞳孔中变换成各种奇怪的图形，浅袭觉得自己忍不住要纵声了，她要跑开，她要逃离这里——"浅袭！"熟悉的声音梦一样地响起，身子颤了一下蓦地回过头去，泪水纷飞脱离眼眶。

是冗南，是冗南！

"小袭"，我愣愣地听着他喊我的名字，看着他一身泥土穿着被磨破的衣服向我跑过来又愣愣地站在那里。他举起双手又低低放下，他慢慢地一步步走到我面前，他说小袭我不会表达我不知道该说什么但我知道我不能离开你不要离开你，他说和你在一起的每寸时光我都记得它们是我最幸福最珍贵的记忆，他说我知道你是一个孤单无助的孩子需要依靠而我愿意一直在你身边保护你，他说……

那些被极力从心底搜索出来的话语和他一脸的认真激动都强烈地轰击着我的大脑和心，我的头胀胀的，只是愣愣地看着他，眼眶红肿，泪水一直流呀流个不停。我的心底酸涩和幸福一起上涌，我终于无法控制大声号啕哭出了声，冗南的泪也掉个不停，他一把把我拥进怀里，我埋着头捶他的肩哽咽道你怎么不早说，怎么不早说……

他微笑着把我被泪浸湿贴在脸上的刘海撩起，被泪划过的面容还带着他一如既往的安静，这次还带着从前未有的释怀的幸福，晶莹的眼睛很迷人。我突然地挣开他的怀抱上下打量着他说，你怎么弄成这样，跳火车了是不是，为什么要这样做……

他狠狠地吻住了我。

"因为我爱你。我爱小袭。"

我想那刻我一定笑得比任何人都要好看。

我和冗南回去的当天晚上得知桑易死了，卧轨身亡，就是冗南本身要搭乘的那班火车从他的身体上轧了过去，我仿佛听见了他的骨骼被轧过碎裂的声音。那一刻我是那样愕然、恐慌、不知所措，满怀负疚的歉意。可是，这份负罪感不会有人来原谅了。

曾经有一个寂静的午后，一个叫做冗南的男孩给一个叫做浅袭的女孩画素描头像，他告诉她他并不是不愿意送给她她想要的色彩作品，只是所有的所有，包括师父给他单独开画室，包括他不以色彩作品示人都只是因为，他是色盲。

于是这个女孩为了她喜欢的男孩能够顺利地去参加比赛，为了他能够不参加他无能为力的色彩考试，她为她做师父的父亲出了抓阄的办法又把两个阄上面都写上了"黑白"两个大字。

谁知，谁知……

"我死的时候伤口不痛，只有心隐隐地痛，流了一地的不是血，是泪。"我梦见桑易他这样对我说。

停　留：

记忆里还是几年前一个阳光明澄的夏天，三个少年并肩坐在荷花池旁。从左向右是冗南、浅袭、桑易，从右向左是桑易、浅袭、冗南。阳光把三个人的影子拉到很长很长，就那样互相交错在一起，笑声一起传得很远很远，惊扰了整个夏天。

一朵花要怎样开过

赵 震

　　有人说，每个女孩子都是一种花的转生，给人间带来芬芳，当她逝去的时候，如花瓣落如泥土，为大地留下最后一缕余香，嗅过的人，再也难忘。我想，阿苏也是吧。

　　阿苏是二哥的妹妹，而二哥与我们住在同一个寝室，所以阿苏也是我们的朋友。她很高兴这样，说我们八个人是八大金刚，以后没人敢欺负她了。其实阿苏与二哥并没有什么血缘关系，但二哥叫她妹妹，我们也愿意这样叫她，可能每个男生心中都希望有一个妹妹，过一回做哥哥的瘾吧。

　　听二哥说，他家里是清一色的五虎上将，童年时打打闹闹，在一路尘土飞扬中过去，倒也不嫌寂寞。树上的知了叫了又停，停了又叫，叶子也绿了又黄，黄了又绿。年龄渐长，二哥一日街上闲逛，见一位仁兄手牵一妙龄少女，那女孩生的玲珑剔透，万般的惹人怜爱。那位仁兄与之谈笑风生，旁若无人，引得行人纷纷侧目，有人上前问之，答曰，舍妹也。众人欣羡不已。午后的阳光透过隽疏的叶子洒落在身上，暖暖的很舒服，二哥突然间很希望能有一个妹妹。

假如有个妹妹，自己就可以名正言顺的和她抢电视节目，然后在她泪珠欲下的时候，潇洒地把遥控器递过去。

假如有个妹妹，自己就可以和她一起坐在冬日午后的暖阳下，看屋檐上的冰凌慢慢融化，或是冲一杯清茶，静静的读书，任由阳光在身上打转。

假如有个妹妹，就可以一脸认真地问她，嗨，你喜欢勃拉姆斯么？

假如有个妹妹，就可以一脸深沉地对她说，兄弟姐妹是天上的雪花，原本并不认识，落到地上，结成冰，化成水，就再也分不开了。

假如有个妹妹……这样的假设列出来，少说也有十多条。带着这样的愿望，在一次晚会中，二哥遇见了阿苏。晚会自然是少不了歌曲的，而二哥的嗓子除了吼几句摇滚之外，别的一概敬而远之，所以二哥当起了主持人。正说笑间，阿苏上台了，她略带羞涩地说唱的不好，环顾了一下，便唱了起来，是那首被翻唱了N种版本的英文经典《moonlight shadow》，阿苏微显沙哑的嗓音与歌曲叙事式的曲风一下子就吸引了众人，似乎我们此刻就站在那清凉凄美的月光之中，歌声缥缈，人影绰约。

阿苏长发低垂，微微颤动，与歌声一样的动人。晚会结束后，二哥作为负责人留下来打扫，阿苏也在，二哥便与她聊了起来，主持人嘛，言谈自然颇为风趣，逗得阿苏言笑晏晏。等打扫快结束了，看着一个个陆续出去的背影，阿苏突然叹了口气说，这么多高高大大的男生，竟没有一个可以做哥哥的。二哥一愣，有个哥哥有什么好的？阿苏莞尔一笑，可以撒娇嘛。

　　原来在女孩的心中，也有这样一个愿望。如果有个哥哥，就可以肆无忌惮地和他斗嘴，哭泣时安心地等他来安慰，和我们那么相似。

　　二哥也笑了，说，告诉我你的名字吧，我当你的哥哥。阿苏想了一会，拿过一支笔，写了几行字，然后略带得意地说，和你打个哑谜，你猜出我的名字，我就认你做哥。

　　写到这里，我让我的同学看，他们都说写得不错，写得不错，只不过这一看就是一个爱情故事，没什么新意，是的，没有新意，但我决定继续写下去。

　　那几行字是"园中花，化成灰，夕阳一点已西坠，无心思，焉有泪，秋日萤火各自飞。"二哥将它拿回寝室，在群众智慧的参与下，顺利地猜出是个繁体的"苏"字，吃惊不小，与大文豪苏东坡同姓，怪不得如此了得。我们就这样认识了阿苏姑娘，以后的日子里，多了个妹妹。

　　备研的日子是忙碌又充实的，空气中有一种偶尔会觉察到的隐隐的焦虑，不过更多的时候是兴奋和紧张。阿苏准备的方向是经济学，她想去图书馆上自习，那里又安静，气氛又好，可是座位少，她总等不到。所谓朋友有难，两肋插刀，而妹妹有难，就是插朋友两刀也是可以考虑的，我们当仁不让，自告奋勇轮流去占座。

　　占座也是一件很好玩的事，不过先前我并没体会到其中乐趣，还曾经在黑板上留了六句话，与占座的诸位开了个玩笑，其中"既曰此座有红颜，焉知之前无青衫"乃我得意之句，不料对方反响巨大，第二天居然有人回了我八句话，可见对方也不乏幽默细胞。

　　去图书馆占座要早起，在狼多肉少的环境下，大家互相比早。每每于睡眼蒙眬之时挣扎一番，抓的床板吱吱作响，然后揽衣起床，一切都在黑暗中进行，神不知，鬼不觉，时常令我有做贼的错觉。来到寝室门口，多半是没开的，于是开始恳求看门大爷，诸如大爷开门吧我等吃饭上课自习占座实在不易大爷你为人民服务一颗红心献给党毛主席万寿无疆吾辈感激如滔滔江水连绵不绝生当衔草死当结环来世为牛马等等，大爷往往听到一半就扛不住了，为得清静立刻开门。

步至门外，但见天上晨星寂寥，地上人烟稀少，遂兴致高涨，快步急走，身后偶有一两女生亦做急走之态，然力不能胜，殊不为惧也。至馆前，见二三子徘徊于此，甚喜，乃入占位。少顷，人愈多而天愈亮，门不见开，于是群情激奋，踢门砸窗，叱天骂海，门卫忍耐不住，只得开门，门少启，众皆蜂拥而入，一路狂奔上楼。途中见一少女，以手抚颈，不胜其苦，想是不慎被撞，余深怜之。冲入自习室后，大家各展才华，小垫，水瓶，书本扔什么的都有，占座处处，至此，才算结束。

后来，由于我占座从不失手，便发展到了为阿苏同寝室的七位女生一起占座，每次下自习回来，领着一队娘子军，倒也蔚为壮观。记得发奖学金那天我请客，下自习后她们冲到冷饮店，二话不说，伸手就拿，吓得老板以为遇到了抢劫的，我忙说我付款我付款。

去上自习多半在晚饭后，天色已晚，远处华灯初上，万家灯火，有一种人间的温暖闪烁其中。读书读的倦了，看看这些灯火，心中便会自然想起冰心女士笔下的那盏小橘灯，一灯如豆，亦暖人心。这份美，只有在追求途中偶尔疲倦时才能发现，它唯追求者所有。

窗外，图书馆的四周种着许多不知名的丁香，繁繁的，碎碎的，甚是好看，花色素雅，香气清淡，窗外夜风习习，时逢花开，一室皆香。

阿苏坐在临窗的位置上，手执书卷，安静地背记着，窗外几许疏枝横斜头上，点缀着窗中的风景也点缀着阿苏，不知是花因人而愈显清秀，还是人因花而倍加淡雅。其他的室友们散坐各处，或依或站，或坐或靠，各自静读着。夕阳给每个人都洒下一束柔光。安详的校园上空回响着主持人甜美的声音："……一切都很好……"恩，许是刚播完的故事的结尾吧，不过，是的，一切都很好。

写到这里，我又拿去让他们看，他们说写得挺好，不过这好像不是一个爱情故事，我说是啊，这本来就不是。他们又说，那一定是个悲伤的故事，这仍然很俗，我说是的，依然很俗，但我还是要把它写下去。

那天晚上睡觉的时候，灯已经熄了很久，小郭仍然坐在床上没有睡，我问他怎么了，他说感到很难受，接着他告诉我，我们院的一个女生病了，是治不好的那种，而那个女孩并不知道这一切，笑着告诉来看她的同学，等她病好了，就回去和她们一起上课。我问他那个女孩是谁，他说他也只是听说，并不知道。

我也沉默了，我们每天忙着追逐，几乎忘记了周围的世界，忘记了去思考和感受，更从来没有如此近的靠近过死亡，仿佛那一直是件很遥远，很不真切的事。那晚我们坐了很久，在黑暗中感受着寒冷。

第二天晚上二哥回来了，坐在床上一支接一支地吸着烟，黑暗中只有烟火在闪动，我们不知道发生了什么，只有陪着他一起坐着。过了很久，二哥平静地告诉我们，那个女孩，是阿苏。

我从来没有那么近的靠近过死亡与悲伤，也从来没有如此强烈地感到茫然与无助。

学校为阿苏举办了募捐晚会，晚会的热闹与它的目的有些矛盾，每个单位在投完捐款后都会顺便做一下广告，然后是精彩的歌舞，恍惚间我以为自己也许真的是来看晚会的。

二哥告诉我，阿苏寝室的7个姐妹在阿苏生日的那天收到了7件衣服，是阿苏的母亲寄的，很漂亮，还有贺卡，然后每个人都在电话中唱歌给她听。我知道，那位母亲将她们当成了自己的女儿。

窗外的树叶开始凋落，不知不觉中已经刮起了秋风，我有时会看着纷飞的落叶发呆，人的生命也如这飘零的黄叶一般脆弱么？那我们每天辛苦的生活着，又是为了什么呢？

我们决定去看阿苏。

在病房外面，见到了她的母亲，那是一个看起来很忧郁的女人，并不怎么说话，只冲我们点了点头。我们推门进去，阿苏安静地坐在床上，捧着一本书，湖蓝色的外衣显的她很清瘦，脸色苍白，没有多少血色，头发依然很长，流苏般地垂在肩上，夕阳为她披上一片金黄，好像落入凡间的天使。她显然没想到我们会来，惊喜地叫了一声哥，我们围着她坐下，开始悠悠的聊天，从童年的事情一直聊到大学，就这样一直聊啊聊，聊安妮宝贝的小说，聊周杰伦的歌，聊少年时的轻狂，聊当我们老时的饱经风霜，聊没有尽头的成长与未来。我们笑着，闹着，几乎忘记了她的病，是的，忘记了。阿苏那么好的人怎么会有病呢？她不久就会好起来的，像从前一样和我们在一起，一起复习，一起备研。

阿苏有时静静地看着我们，眉毛好看地弯着，浅浅地笑着。

二哥问阿苏，苏，说说你的愿望吧。阿苏想了一下，轻轻地说着："我想拥有一间很大的房子，周围是绿树和溪水，有一辆自己的车，可以载着我去那些不知名的地方，那里有灿烂的阳光和许多好看的野花。还要养一群小猫小狗，看它们抢毛线团，看它们在花丛中打架……"推门声打断了阿苏的话语，进来一位老人，须发洁白，脸上的皱纹刻录着岁月的沧桑，手中捧着一盆兰花，向一旁的病床走去，那里躺着一个面容安详的妇人。

阿苏告诉我们，她昨天刚刚做完手术，他的先生，就是那位每天都带着一盆兰花来看她的老人。两位老人斜倚着靠在一起，两颗鬓发苍苍的头相依相偎着，喃喃着不知说些什么。不多时，夫人睡着了，老先生嘴里轻轻哼着一首不知名的曲子，舒缓而优美，或许那是他们年轻时共同喜欢的曲子吧。

阿苏出神地看着他们，轻轻地说："生活真好……"

窗外无风，兰花悄然绽放。

我们走的时候已经是黄昏，阿苏的妈妈送我们走了很远，回去的时候，她说真的谢谢你们，谢谢。

在那以后我就很少去看她了，只有二哥一个人每周都去。我知道这样的我很可恨，但我依然忙碌于现实中的一切，复习，复习，还是复习，再也没有去过图书馆，再也没有占过座，那里的丁香不知怎样了，它们还开着么。

我渐渐开始忘记她，忘记那个明眸皓齿的女孩。

但生活总是这样，在你开始忘记的时候就会提醒你，提醒你不要忘记那些在我们周围绽放后又重新归于大地的生命。

二哥回来了，我已经记不清多久没看到他了。他要我陪他出去走走，我们走在开满丁香的校园里，他告诉我，阿苏已经走了，带着那些美丽的愿望，安详而甜美，他还告诉我，其实阿苏后来已经知道自己的病了，她偷看过自己的病历，但她一直没有说，只是微笑，直到最后。

阿苏的母亲那几日老了许多，但没有哭，也没有闹，只是静静地坐在阳台上，侧影凝成一座雕像，背后的夕阳染红了一片凄婉的霞光。

二哥递给我一张淡紫色的信笺，那是她留给我们的：

> 我只是去占个座位，
> 就像你们常为我做的那样，
> 只不过，
> 这回不在图书馆，
> 在天堂。

校园依旧，歌声依旧，你的目光飘远，你的身影如昨，我追寻着天空的飞鸟，看到云层后，那朦胧的初阳。

每个女孩子都是花的转生是吗，在最美的年华中绽放，渴望阳光，希冀晨露。凋落时，悄然无痕；见过的人，永远难忘。只是阿苏，花开的时候，你在哪里呢？

生命从15岁开始

贾舜卿

　　故事发生在一个黑色的冬天，它是悲剧也是喜剧，因为在我看来从悲剧到喜剧只是时间的问题。那个转化的过程就在过人生的冬天上演，门票是半片光明。这是很多年后过回忆往事时对我讲的，他还引用了歌德的一句话："改变人的一生及整个命运的只是一瞬之间。"

（一）

　　过是故事的主角，90后的男孩；喜欢白色与黑色，因为简单；他不喜欢人生的复杂。其貌不扬眉毛很淡，以前是断眉。听他母亲讲他刚出生那会有很长的寿眉，后来不知为什么没有了。眉毛还能长回去？他觉得不可思议为此给自己抹上一层神秘的色彩，有点自命非凡的感觉。生活的城市普通平凡，他比小城更甚。可以说过是非常平凡的，也正基于此，他认为自己是平凡的也是非常的。他走过的十五个春秋虽没有鲜花簇拥百鸟齐鸣那样风光无限，但却也自由快乐；至少阳光依旧丰富着他的笑声，关怀依旧滋润着他的心田。他自我安慰地认为没有彩虹的蓝天白云依然美丽。日子就这样一天天的与他挥手告别，轻轻地走正如她轻轻地来，无声无息如梭如流。偶尔他诗兴大发，对首七言五律，诵段小令中调，感慨万千的来一句逝者如斯夫。然而幸福总是那么短暂，一个转身都已是月空梦断物是人非。

危险早已守候在11月16日那天黑夜等待着过，不祥的烟雾逐渐逼近，开始笼罩他的生活，他却浑然不知。而当不幸如期降临时，他这才感受到幸福的生活竟是如此不堪一击，轻轻一拳便可打破日子的平静，激起洪涛巨浪淹没曾经的欢声笑语。此时他忆起一句话："贝多芬的命运至少还会敲门，可有的人的命运从来都是不速之客。"他觉得这话是为他而写，因为在那个黑夜他左眼视网膜脱落，从此失去了半片光明。他不知道这对他来说究竟算什么，但从父亲的唉声叹气中他可以听出，从母亲悲伤的眼神中可以看出，从姐姐的沉默中可以觉察到这似乎对他危害很大，将会影响甚至是改变他的一生。他知道自己人生史册上从此将留下深沉的一笔，这是15年来最重的一笔；这，是黑色的一笔。

3天后他和父亲踏上看病的旅程。沉重的心情压碎沿路的积雪，心中的迷雾蒙蔽行途的景色。望着渐已模糊的家，他不知什么时候才能回来，此刻他才有了那种离家的哀伤与痛苦。

（二）

同样的镜头，不同的方向；同样的面孔，不同的心情。当他带着一种说不出的感觉回来时，看着这片土地，聆听着城市午夜的子歌，呼吸着那久违的空气，挥臂大呼我回来了！我终于回来了！如释重负。走进家门迎接他的是等候多时母亲的殷殷问候，姐姐端上来的一盘盘水果。过用他左眼的视线照亮了母亲心中的黑暗换回了家人的笑声。不过他高兴得太早了，也许上天觉得他十五年来走过的路太过于平坦经受的风雨太过于平静，所以等待他的将会是失望，悲哀与怨恨；手术的失败让家人的心垮了一半，黑暗再次驱散阳光弥漫这个不幸的家庭。父亲决定带他去首都求医，说实话，过已不想再治，他根本没抱希望，只是缺少面对父母的勇气和拒绝的话语。母亲的眼神让他无从回避却又不能坦然。挥手，作别的标志；轻轻地，却不是徐志摩的意味；因为，他没有西天的云彩。

　　日子竟是如此的短暂，短暂到你还没来得及和她说声再见，她就已经与你擦肩而过；不觉中蓦然回首，只看到一片足迹，早已忘却走过它时的艰辛；才发现不留痕迹的成长及时在心里刻下了皱纹。幸福如此，痛苦亦是。很快，他们就从北京回来。这次归来，过已全然没有上次的那种感觉，因为他已经知道了生命的脆弱与命运的无情。径直走进卧室，没有言语，没有表情，没有了甚至他的悲伤他的迷茫；看不到关怀，看不到祝福，看不到的甚至那片黑色那扇阴影。他觉得，一切都是嘲讽，都是耻辱。沉默，鲁迅说不在沉默中死亡，就在沉默中爆发。他在沉思，他还没死；那么他将要爆发。至少在心中，他已经开始失望，开始抱怨，开始爆发着怨恨与伤痛的火山；他已容不下那太多的为什么，太多的黑暗。"为什么上天一次又一次把我玩弄于股掌之中？为什么偏偏是我而不是别人？为什么偏偏发生在本该溅射美丽的青春年华？为什么偏偏是眼睛而不是其他部位？为什么？这一切都是为什么？"他一遍遍地抱怨着命运的不公，把15年来压抑在心中的不满大声宣泄。他没想到这病竟是如此难缠；没想到自己今后再也不能狂奔在篮球场上；没想到自己命中会注定有此一劫；他没想到的太多太多，这一切都是始料未及的。如果说第一次回来他可以看着："天降大任于斯人也，必先苦其心志，劳其筋骨，饿其体肤，空乏其身，行拂乱其所为。"自我安慰地认为这只是上天对他的一次考验，而满怀希望地期待着明日的曙光；那么这次他已找不到什么理由再来说服自己，安慰的言语显得是那么苍白无力。如果说第一次回来他可以坦然面对一切，那么这次在经历了手术的失败后，他觉得这不过是灾难的开始。如果说第一次回来他可以阔别重逢似的大喊我回来了，那么这次在看到这棵千疮百孔的大树时，他能说的就只有对不起了。他恨，恨命运的不公，恨那个黑色的夜，恨不得拿起匕首划破那个令他痛恨的黑色。

（三）

夜寂静、寒声碎，窗外月华如练，屋内残灯明灭；在抱怨声中不知不觉夜幕已悄然降临。趴着睡觉的滋味实在不堪，这魔鬼般的休养方式折磨着过，使他辗转反侧难以入眠。他不清楚这个冬天会有多少个如此难熬的夜晚，但他知道这个冬天有一个夜晚是那么的难熬那么的伤痛，他怎么也忘不了那个夜晚的黑色。想起顾城的一句话："黑夜给了我黑色的眼睛，我却用它寻找光明。"过何尝不想寻找属于他的那份光明，只是他的眼睛有一半的黑色并非黑夜所赐而是那个黑夜——我们不曾记得每一天，但我们会记住某些时刻。追忆，努力地寻找，但那个黑夜在过的记忆里，只剩下黑色两个字依稀可见；连悲伤、愤恨、痛苦也没能留下。有人说健忘是一种病，善忘是一种境界。可对于过来说一切只是遗忘，他已失去面对那片黑色的勇气。他想忘却，他希望风过竹不留声，雁过潭不留影。黎明还没有到来，午夜的钟声早已叩响，过渐渐有了睡意。

一觉醒来已是9点，昨夜想了很多。想昔日和同学们一起说说笑笑，现在却只能独自一人遭受这份冷寂；想昔日和五湖四海的网友谈天说地传诉彼此的快乐，现在却只能面对冰冷的墙壁宣泄心中的悲恨；当昔日的一幕幕再次浮现在他的脑海时，那些曾经美丽的记忆如今在他看来是那么的丑陋，仿佛偷偷地笑着他，他沉重的心情促使悲伤的笔落在纸上留下心痛的言语："我不能去学校，不能打篮球，不能和网友聊天……我不能的太多太多，我失去的是整个曾经的拥有；对于一个人来说，最不幸的莫过于曾经幸福过。当我转身回望时，看到留下脚印的地方开满记忆的花，流露着悲伤。我人生的道路已在最黑的夜里走进了最深的巷子，我没想到自己就这样穿过幸福走进黑暗。"言辞里流露着不舍；正如一个人穿过早晨步入暮晚总是有些悔恨。其实他们的悲哀在于不明白桑榆非晚，只有当后悔取代梦想的时候人才会变老；而幸福与伤痛则是互相交错才可织就人生的网。在我看来世上本无幸福与不幸的人，只有在光明中与在黑暗中的人，只有昏睡与清醒的人，只有乐观与悲观的人。写完那些话过有点想哭，但最终还是没能哭出声，因为没有人听，包括他自己。说实话，他真的很想同学们，他实在太孤独了；打开抽屉翻着好友的祝福，至少能让他在寂寞沙洲得到一丝甘露。

"不要再看了"过一抬头就看见母亲端着牛奶进来，"医生不是让你多休息不要看书吗？你怎么这么不听话，太让妈担心了；你难道还嫌我不够憔悴？"说着把那些信扔进抽屉，在过面前坐下。过的母亲是个心细的女人。因为爱，所以把细致入微的关怀表现得淋漓尽致；因为爱，所以容不下那些悲伤那些不幸。过是个孝顺的孩子，他怕，怕母亲那布满血丝的眼睛再流出心痛的泪，怕那原本瘦弱的身躯又弯下几度。其实更准确地说那不是怕，是爱；母亲爱他，他也爱母亲，他不愿让她再为他担心，不愿看到她失望的眼神，不愿父亲的身躯日益消瘦、头发逐渐花白，不愿让原本脆弱的他们再承受如此沉重的打击，所以他不扔东西也不大喊大叫，在母亲面前他是那么的平静与从容，依旧绽放着快乐，好像什么也未曾发生。但当母亲离开时，随她而去的是过强装的虚伪被关在门外；此时过独处的空间里充斥着矛盾，他的心中已打响了战斗——

　　为什么你安慰母亲时显得那么乐观那么坦然，似乎一切都无所谓。

　　也许是真的什么也未曾发生，只是人们想得太多而已。

　　可悲！原来人有时欺骗自己比欺骗别人更加努力。你自欺欺人的表现不过是想逃避这一切。你怕了，你不敢面对这片黑色。李敖说："前进的理由只有一个，后退的理由却有一百个。"你难道要找一百个理由来为你的逃避而狡辩，却不肯找一个理由来证明你是生活的强者吗？战士在战场上用胸膛而不是后背去迎接子弹，那你为什么不能在人生的道路上用笑声去等待一切。既然你可以用笑容去迎接阳光，那为什么不能用它来等待风雨呢？既然你这般深爱着那些关怀你的人，就不该让他们伤心失望，而是驱逐自己内心的哀痛，用笑声拂去母亲的眼泪，用安慰消去父亲的哀叹，让阳光温暖这个家，让自己的快乐把悲伤从这不大的房子中赶出去，荡漾在家中的每一片空气里。

可是怎样才能换回那些曾经的幸福？一失足成千古恨，再回头已百年身啊。历史不会回头，时间是不会再给我一次机会的……

过去属于死神，未来才属于你自己。现在并不代表永远，这也不是你生活的全部。你要播撒阳光布满世界，先得自己心里有阳光；你应该坚定对自己说，"别害怕，想开点，一切都会好的。"

一切都好，谁不希望？可是怎么想开？那可是眼睛，一辈子的事；怎么不怕？那可是一片光明啊。

但难道就这样自暴自弃吗？生存还是灭亡？用哈姆雷特的话来不断的发问自己吧。海伦·凯乐一生连3天光明也无法拥有只是奢望，但这并未阻止她的成功；你不过是视网膜脱落又不是瞎了，你还有一只眼睛，还有一片光明，还有明天还有希望还有梦。当一扇窗户关上的时候，一定会有另一扇窗户为你打开。一个人可以被消灭但不能被打败，你怎能就这样轻易地放弃。

我失去的太多太多，已近残疾，我还能做什么？

不要悲观，当你用信念去迎接光明时，光明很快就会来照耀你。你要相信自己，不要期待命运的怜悯。没有人可怜你只有你自己这最可怜，没有人看重你只有你自己这最重要。你可以接受有限的失望但绝不能失去无限的希望，你可以失明但不可以失志，阳光可以不装饰你的眼睛，但不可以不温暖你追梦的心。只要你的心不残，你的世界并不会缺少什么。人生最惨重的破产是丢失自己的梦，当流水般的月色泻入你的梦透着绚丽的时候，你的日子便不再黑暗，你便可走出这黑色的一季。

我也想走出这片黑色，你以为哪个傻瓜不愿意笑只愿意哭？可是，命运的无情已让我明白生命是多么的脆弱。有谁能承受命运一次又一次的折磨？

　　如果说成功不是目的只是结果，那么这一切的发生也只是一段曾经一个回忆，并不是命运的折磨与目的。你应该在灾难中看到希望，要知道中文的"危机"有两层含义：一个意味着危险另一个意味着机会。摸起一张纸用你所有的坚持努力地写下这句话吧：把每一天都当作生命中的最后一天来珍惜，我会过得很充实；我坚信一切都会过去，不再悲伤不在失望。

　　一切都会过去？一切，都会，过去……

　　是的，无论发生什么一切都会过去。

　　是的，无论发生什么，一切都会，过去。是的，一切、都会、过去。

（四）

　　其实过即是我。正如黎巴嫩作家纪伯伦所说："每个人都有两个我，一个在黑暗里醒着，一个在光明里睡着。"过是在光明里睡着的我，而我则在黑暗里醒着。因为我的生活从来都没有看众听众与观众，我曾经缺乏面对一切的勇气，于是我需要挑战过去，以此来坚定我的信念；所以我选择了过，过——我认为：一切事物的发生都需要过程，一切也都会过去。世上本无该怕的事，只有该懂的事。过的心理矛盾实际上是我的内心独白。它使我明白怕是因为想不开，想开了其实也没什么可怕的。害怕痛苦的人往往就在承受他所怕的痛苦，而不怕的人在他的生命里却丝毫捕捉不到痛苦的影子。接受不可避免的事，风刮起来，穿上外套就是。对待厄运不要逃避，唯一的逃避就是解决它；不要后悔，后悔过去不如奋斗将来。在人生的道路上要哭就哭要笑就笑只是别忘了赶路；因为无论晴朗还是阴雨，太阳总是存在的。你简单世界就简单，你快乐生命就快乐！福楼拜曾这样定义辉煌："人的一生最光辉的一天，并非功成名就的那天，而是从失望悲伤中产生的人生挑战，从勇敢迈向意志的那天。"这，就是成功就是辉煌。你想创造奇迹吗？那就从勇敢迈向意志挑战自我吧。不要害怕你的生命将要结束，而应该担心它不曾真正的开始。过已在那片黑色里死去，而我在跨越那片黑暗后生命从十五岁开始。如果说巴尔蒙特为了看到阳光而来到世上，那么我则是为了梦想而开始我的生命。

你的温柔在我的眼眸

洪蔚琳

　　5月，花开的正暖的日子。相互依偎着的花瓣被风吹得洋洋洒洒，室友都说这样子很美，不偏不倚地把目光投向窗外，花瓣离开枝叶，匆匆得来不及说声再见。只有我看懂了它的眼泪，因为我和花一样，都是孤零零的。

　　这里的天空很干净，每天夜里会有个笑容很干净的男孩抱着一把木吉他在楼下唱歌，顶着大片大片的星星。忘记了是从哪一天开始，只记得歌声远远飘来，宿舍静得出奇，再也听不到床板被压得"嘎吱嘎吱"的声音。然后开始有断断续续的抽泣声，泪水浸湿了泛皱的枕巾。在深夜里听到一首久违的歌，会有想家的感觉，会让女孩再次想起像冰激凌一样甜美地融化在记忆里的往昔。

　　开始想看看他的样子，想知道那温暖的声音是要唱给谁听。许是年少轻狂，一个平静的夜里，女孩齐刷刷地冲到窗口，抄起手电筒对准楼下那个朦胧的身影。琴声戛然而止，男孩缓缓抬头，冲我们微笑着。长长的黑发被晚风吹得轻轻贴在脸颊，很瘦削的脸，很精致的五官。红格子的半袖衬衫搭配泛白的松松垮垮的牛仔裤，他的眼睛，安静而温暖。莫名的感觉，就是觉得他很好看。所以，当歌声再次响起的时候，我很迷恋地把它录下来。

从此记住了那个很温暖的男孩，也记住了那首有点感伤的《秋意浓》。一首很老的歌让我如获至宝，把它放进随身听，塞着耳机沿着教学楼后的小过道反反复复地走来走去。地上落着零零散散的花瓣，有人用它们摆一个心。盯着花儿出神，再抬起头的时候，我听见自己急促的心跳，脸颊烧得厉害，因为我又一次见到那个抱着吉他唱歌的男孩。"听什么呢？"他很随意地把耳机从我那里摘下来，放在耳边静静地听，从他的眼睛里看到自己手足无措的样子，竟忍不住笑出来。好在他正陶醉在自己的声音里，宛然一笑："喜欢这首歌吗？"

"嗯。"

"我叫许天竹，一定记住了。"

耳机又回到我耳旁，脸颊上，还有他修长的十指留下的余温。

一个温暖的男孩，他的一切都是温暖的。那双白皙的手曾轻轻滑过我的短发，用手轻轻抚过，似是指尖还有残留的温柔。他很潇洒的背影在记忆里定格成雕像，堆积在心里，把心压得很沉重。

这样的男孩在校园里自然少不了痴迷狂热的追随者，有关他的传言似乎在一夜之间便铺天盖地，一发不可收拾。在少了许天竹吉他的子夜里，女孩习惯地失眠。莫名地提起许天竹，我们选择用数羊的方式历数许天竹的八卦。

"太安静了反而不习惯，他今天怎么没来？"

"来了又怎样，又不是唱给你。"

"听说是隔壁班的校花，前几天我去逛街还碰上他们一起吃大排档。"

"哎，小未，他好像就住你家对面那条街……小未？"

"怕是已经睡了，别吵人家了。"

我哪有睡呢？那天之后天天带着随身听在过道上来来往往，却再也没遇到他。许天竹，你的名字，你的笑容，你的声音，你的背影，我都记得。可是你甚至不肯问一句我的名字，如果那天先回头的是我，留下背影的是我，你的记忆里会不会有那么一丁点是关于我，会不会有一瞬间想跑过去问问那女孩是谁。有些事情，真的是很不公平。

一个学期结束了，结业那天，雨下得很大。盯着檐下连绵不绝的雨帘，感觉自己被包围在湿漉漉的水晶宫里。来不及任跳跃的思维逃离现实，我的眼眸里，是穿着雪白T恤的许天竹和长发飘飘的林小芙，撑着一把伞，走在我16岁阴雨连绵的季节。许天竹对林小芙微笑，依旧那么温暖，却残忍地与那日在过道上对我的笑容残忍地区别开。突然感觉特别冷，刚刚的一阵风，把我曾死死坚守的所有美好的梦，统统都吹散了。

这个假期过的特别漫长，抓起落上一层尘埃的镜子，才发现我与林小芙是多么的不同。林小芙的脸很干净，白皙得很自然，笑起来明亮的眸子一闪一闪，走在人群中像星星一样耀眼夺目。而我只是地上的一粒尘土，穿什么都像衣架，死板得没有活力。只有躺在冰冷的土地上仰望天空，仰视着令人炫目的星星。

为什么母亲不把我生得漂亮一点儿，出众一点儿，那样我就不必在林小芙面前低着头走路，也不必永远只能远远地望着许天竹，却不敢走上去笑着对他说："Hi！我叫小未。"我把这些全部写入我上了锁的日记，最后在结尾加上一句：为什么我们奔放的青春里总有些东西让我伤心？

我知道走过这条街就会见到许天竹，可我一整个暑假都没能见到他。因为我整天把自己锁在家里，发疯般地写日记。看着自己的文字如饥似渴地在角落里寻找着什么，一种巨大的成就感代替了失落。我想我没有起点的青春里，一定有什么能让我更快乐的东西藏在我没有去过的地方等着我把它找出来；也一定有什么人能让我痛痛快快地把许天竹这个名字从我的记忆里永远删除掉。

又是开学，从此许天竹再也没有出现在楼下，传说林小芙收了一个男孩的水晶项链，所以许天竹与林小芙偶像剧一般的故事已经被新的版本所替代，没有下文了。听到这些的时候感觉心被什么东西刺了一下，说不出的疼。许天竹终于还是把他的幸福弄丢了，也或许，没有了林小芙，他才能一心一意地准备高考，毕竟我们只剩下不到一年的时间了。高三烟火弥漫，很多东西被冲淡了，也是很自然的。

可事实并不像我想的那般美好，深夜里失眠，接到一条短信，是许天竹发来的。他让我到过道来找他。惊诧于他怎么会知道我的号码，又怎么会想到来找如此平凡的我。再走上那条过道，许天竹抱着吉他坐在角落里，熟悉的影子，却没有熟悉的笑容。一只手很颓废地搭在弓起的膝盖上，没有笑容的许天竹不再拥有诱人的温暖，而是染上一种颓丧的帅气，冰冷的样子还是很好看。

"你叫小未，对吗？"他依旧低着头，不看我。

"我以为你不会记得我呢？"

"我也以为我可以和小芙一起考一个大学，一起打拼，等我们可以主宰自己的人生就可以真的在一起。结果反倒是她先放弃了。"

我只是看着他，不说话。静静地在他身边坐下，这是我第一次这么近地看着他，可是我更想看到，从前那个嘴角上扬的许天竹。

"你说是不是漂亮的女孩都不能专心呢？"

我答不出。从这个男孩眼里我看到一种比伤心更可怕的东西，有人管它叫绝望。是对这个世界上一切的美好都不再相信，是沉默地看着体内的温暖一点点被抽走，是躲在角落里蜷缩成婴儿的姿势，拒绝再碰触我们总有一天要面对的伤口，拒绝接受任何让它再疼一次的治疗，无力地看着它一天天溃烂，蔓延直至堕落。

许天竹也不再说话了，只是温柔地看着我。曾经在楼下冲我微笑的许天竹是不是已经随着林小芙的离开一起在这个世界上彻底消失了呢？我想我一定要努力把从前的许天竹找回来，我不能看着他崩溃，绝望，变得失去光彩。只是我不知道该怎样做，不懂得如何挽救一个人的心灵。许天竹是会笑的，而且会笑的很好看。我要做的不是叫他如何笑出来，而是告诉他在他的找不到起点的青春里，一定有什么能让他更快乐的东西藏在他没有去过的地方等着他把它找出来；也一定有什么人能让他痛痛快快地把林小芙这个名字从他的记忆里永远删除掉。

于是这个周末的午夜，我决定为许天竹冒一次险。

我们约好在他家的天台上见面，我只有反复告诉自己：可以从宿舍里跑出来，躲过校园里数不清的监控的眼线，还有什么是我不敢做的呢？

看看墙上的挂钟，已经12点了。提心吊胆地从床上爬起来，穿好衣服。母亲的房门紧闭着，轻手轻脚地走过去，颤抖的手竟鬼使神差地触到房门，门被我推开了！很清脆的一声，我再也不敢停留，拎起一双运动鞋迅速逃离现场。跑到楼下才战战兢兢地穿上鞋，整了整翘起来的短发跑到天台。

许天竹已经面朝楼前等候多时了。没有带吉他，瘦削的背影，是初次见面那天那件红格子的半袖衬衫。已经入秋了，没有人再穿短袖。许天竹还在坚持自己的那一份倔强。

许天竹走过来拉住我的手，一起坐在天台边上，让脚悬在空中，"什么都不要说，吹风的感觉是不是特别爽？"这么近距离地看着许天竹，他的睫毛长长的向上翘着，厚厚的刘海随意的和着风儿跳舞，嘴角微微上扬，很享受的样子。"小未，我们都有忘不掉的人，放不下的事儿，为什么一定要忘了呢，带着他一样可以生活得很好。再过了几年，我们就谈不上青春了，陪伴我们的只有青春里那些快乐和不快乐的事儿。等我们都长大了，很老了，想到这些总好过记忆里什么都没有……"

是啊，我们都会放不下，我满心欢喜地把我的以为全都推给你，叫你忘了林小芙，就像什么都不曾发生一样。快乐的微笑，快乐的生活。可我忘记了，我也同样无法忘记你。就像什么都不曾发生一样开始新生活。我无法做到，更何况是你呢？

就是这一次以后，我的生活从此天翻地覆。

推开家门的时候，母亲早已坐在小屋等候了，桌上是我摊开的日记。猛然想起，前些日子拉开抽屉的时候日记本的锁被压挤坏了。再也无法锁上。于是让它躺在抽屉里没有多想，不料还是被敏感的母亲看到了，母亲一定什么都知道了……

大脑一片空白的摔门而出，没有方向的奔跑，任凭惯性带我跑到许天竹的家，敲门的手停在空中，我看到门上夹着一封信，是许天竹写给我的。

丫头：

　　我要去流浪了不要来找我，也不要等我。因为我也不知道自己什么时候会回来，也许再也不会回来了。你的心思我怎么会不懂，可是没有人能做到你所说的，包括你自己。你是第一个喜欢听我唱歌的女孩，昨天来不及唱给你听，我也录了一盘更清晰的，送给你做纪念吧！

　　丫头，若当我是朋友拜托你了，我外婆就在我家，我走了，她会很伤心的，很老了，可是没有人陪，闲暇的时候替我去陪陪她吧。

丫头，我走了以后就不许胡思乱想了，你一定会找到让你更快乐的东西。遇到你爱的人，然后彻底忘记我。要高考了，我为你加油！

　　站在风中，红了眼眶。又下起大雨，像那个夏天我站在屋檐下，看着许天竹、林小芙走在雨里。如今已是秋日，许天竹和林小芙都去寻找自己的幸福了，而我还是一个人，站在雨里，手里握着许天竹写给我的告别信，我们错过的青春要如何收场。

　　远远地看到撑着伞的母亲，泪眼相对，她什么都不说。一下间，扔下伞，跑过来紧紧地抱住我。过了不知多久，我的伟大的母亲在雨里颤抖着身体，附在我耳边轻轻地说"我已经很久没有这样抱过你了……"

　　终于懂得，青春里的故事不一定都要悲剧收场，许天竹决定离开的时候，一定是希望我们都能在时间的推移中，慢慢地懂得青春里那些青涩的喜欢，并不是真正的爱，慢慢地发现，生命里还有很多美好的东西更值得我们追寻。

　　可我还是会永远记住你，记住青春里所有关于你的往昔。我，林小芙和你的没有结局的故事，会在今后的岁月里教给我们如何真正去爱，去珍惜。

　　许天竹，我会经常去陪你的外婆。我骗她说，你在学校旁边租住下来，安心备考。因为我相信，你一定会回来，回来和外婆过一辈子。在你出去闯世界以后，一定会在哪一天发现，其实最值得我们去爱的人，却一直被我们忽略。我的母亲，你外婆…………

　　许天竹，我们做朋友，做到天荒地老。我的眼里一直都有你的温柔，而我又是多么幸运，在关于你的故事里成长，寂寞而美丽。

虫儿飞

胡安妮

一

梅雨时节过了。

夏檬又开始做梦，梦见自己变成了一只小虫，在空寥的苍穹自由飞翔……

可是，小虫如果要想自由飞翔，必须经过炽痛的蜕变，当获得重生的时候，那妖媚的美，是自己可以达到的境界吗？

或许，自己当一只虫子容易，可是想要飞起来就艰难吧！夏檬托着腮望天。

"丁零……"随着一声尖锐的打铃声。教室立刻死一般安静。

这节课是莫洋的。

呵。莫洋。洋洋姐姐。夏檬喜欢这样叫莫洋，莫洋长着一张人见人爱的娃娃脸，那双大得滴水的眼睛使夏檬初见莫洋就喜欢上了她。

　　夏檬转头看向走廊，地板清冷。光洁。外面世界很美。和煦的光把时光的影子拉得很长……

　　"夏檬，请回答这个问题！"蓦然回头，突兀地站起来，脸颊涨得通红，耸肩低头。夏檬万万没有想到莫洋会叫她起来回答问题，怎么办？这下糗大了！

　　夏檬可以感受到同学们复杂的眼神。冗长的时光从指间滑走，被刺目的光击得破碎。教室又是死一半寂静。

　　夏檬抬起头，把求助的目光投向张小雨。

　　而夏檬分明在小雨的眼神中看到了嘲弄、幸灾乐祸、窃喜……

　　这是真实的吗？有谁能告诉我。

　　"夏檬，回答这个问题！"莫洋愤怒地声音传入夏檬耳里，夏檬现在只在乎张小雨的举动。

　　夏檬看到张小雨的头转向左上角看了一眼。

　　夏檬随着小雨的目光望去，是肖腾的座位。

　　小雨为什么会看肖腾呢？

　　夏檬痛心地盯着肖腾，肖腾是班上的班草，凭着清俊的外表和幽默的话语，使班上不少女同学为他着迷。

　　小雨不可能喜欢他的。

　　夏檬收回看肖腾的目光，在不留意把这句话说了出来。莫洋看见她嘴巴动了动，就说：

　　"嗯，夏檬，你以后上课认真点，坐下！"夏檬机械性地坐下，不懂莫洋为什么叫自己坐下。

　　或许，夏檬永远也不会懂得，人是会变的。尤其是当友情遇上爱情时。爱情永远占上风。

二

夏檬感觉小雨在一点点变化，课间沸腾的那个女生不再是小雨，平时大大咧咧的小雨不见了。

而坐在小雨斜后面的夏檬却能常看见小雨那忧伤的侧脸。和小雨越来越频繁地偷看肖腾的侧脸。

夏檬说不清心中的感觉，默默开始接受那个不可思议的事实。

放学后。来到操场上，运动员那些飒爽的英姿仿佛与夏檬和张小雨有些格格不入。

这两个各怀心事的女孩，并排走在夕阳下。

"轰隆"夏檬和小雨抬头看，两架飞机并排飞翔在天穹上，瓦蓝的天空被夕阳的光辉点缀得更加美丽。

"比翼双飞耶！"夏檬惊喜地看着天穹中那两架飞机。

"比翼双飞…比翼双飞…"小雨不停地喃语，重复着夏檬的话。

夏檬转头，小雨的轮廓干净、美丽。眼神中流露着憧憬。

小雨又在想他吗？夏檬把目光投向远方，那里繁华满地。可是，却看见肖腾和一个娇小的女孩牵手在夕阳中。

璀璨的光辉中，这两个人甜蜜的背影那么耀眼。

夏檬忽然醒悟这绝对不能让小雨看到，转身、拽手，飞快地旋转。

可是，夏檬分明看见一颗晶莹的泪从小雨眼角迅速滑落，无声、无痕。

小雨果断地甩开了夏檬的手，拖着受伤的心和疲惫的身体艰难地走了。夏檬静静地站在原地，对天空说，

小雨，我们一样，颓废，忧伤。

我们是孤独的幽灵，行走在这个荒唐的世界上，没有风的洗礼，我们始终无人知晓，最后化为一缕轻烟，消散在寂静的夜空，成为一抹漆黑的幕布，永远承载着被人遗忘的孤独……

三

小雨没什么变化，只是那双眸子中透着彻骨的忧伤。越来越琢磨不懂小雨，夏檬心在沉淀。

那个女孩放学经常来找肖腾，肖腾那些兄弟都起哄地叫那个女孩为"嫂子"。

那女孩倒也大方，腮红着答应。

夏檬看见小雨脸上僵着的美，那是用心痛与眼泪凝结成的凄美的笑。

夏檬很心疼，看着为肖腾而消瘦、忧伤的小雨，自己仿佛是个局外人，对小雨这种复杂的好感很迷茫。

日子在一天一天地流淌，莫洋把后面的古文全翻讲了。很多同学都听了个似懂非懂。

让夏檬记得最深的一篇古文就是刘禹锡的《陋室铭》，刚学完这首古文，夏檬就发展她的天才文学水平，把《陋室铭》给改得面目全非。

下课后。夏檬屁颠屁颠地把这首诗念给小雨听：

《教室铭》

——仿刘禹锡《陋室铭》

"分不在高，及格就行。学不在深，作弊则灵。斯是教室，惟吾闲情。小说传得快，杂志翻得勤。琢磨下象棋，寻思看电影。可以打瞌睡，会周公。无书声之乱耳，无复习之劳形。是非跳舞场，堪比游乐厅。心里云：混张文凭！"

"呵呵！"小雨沉了快一个月的脸，终于展开了灿烂的笑容。小雨笑起来真好看。

"真有你的呀！夏檬，如果刘禹锡听到了，肯定会被你气活！哈哈！"小雨打趣地看夏檬。

"过奖，过奖！"夏檬故作虚心状，留神了小雨嘴角流淌的笑意，小雨笑起来，夏檬也开心！

"哈哈……"小雨捂着肚子趴在桌子大笑，旁边的夏檬捏着纸，暗暗想：

希望你以后开心！

四

后面的几天里，那个漂亮女孩和肖腾分手了。夏檬察觉到他脸上掠过一丝落寞。的确，年少的感情，只是纯情的好感罢了，带着玩玩的想法，玩腻了就放手。留情不留爱。

肖腾自从和那漂亮女孩分手后，开始沉默。每节下课后都趴在课桌上，不知是失恋后的悲伤还是发生了什么呢？

放学后，夏檬和小雨并排走在去操场的路上，正好经过林荫小道时，秋风萧瑟，放眼望去，一片片凋零的落叶从空中飘然而至，打着旋，翩舞……

风一扫，满地的落花又迎风飘起，然后堕落，颓废……

"夏檬，我觉得你很陌生，我觉得世界很陌生，也许我在走远，没有人真正了解我，因为我天生就是个多面体。"小雨忽然转头对正在欣赏美景的夏檬说。

"呃？！"当夏檬疑惑地望着张小雨时。

小雨开始凄美的笑，莫名的落泪。

"蝴蝶永远也飞不过沧海，何况我还只是虫子！"小雨喃喃自语。

夏檬低下头，或许她已经知道小雨忧伤的原因。夏檬想，我们活在这世上，是忧伤的种子，寂寞的羽翼。我们有着让人捉摸不定的性格，只会凄美的笑，莫名的落泪。光阴里，全是破碎的光影。

五

小雨开始接近肖腾，可是现在的肖腾，很冷淡地对任何一个女孩，是坚强还是在用冷漠做壳伪装自己呢？

夏檬对小雨的做法无动于衷，直到放学后。

小雨拉夏檬狂奔到外面。

不知不觉中，天空已经拉上了黑幕，外面灯火通明。车水马龙。璀璨的光刺痛夏檬的双眸。

"我不甘心，我不甘心！"小雨蹲在地上低吼，泪，一滴一滴浸湿冰冷的地面。

"算了吧！年少的感情，玩玩就好！不要太当真，这样我们劳心又劳身，可以留情但不要留爱！"夏檬淡淡地说，她似乎早料到了结局，小雨不是局外人，而真正的局外人是自己。夏檬拭去小雨脸上残留的泪渍。腐败地溃烂着，她却凄凉的笑。

小雨颓废地站起身，缓慢地走在这星光璀璨的城市。

夏檬望着小雨萧条的背影，空气中潮湿的伤感被嘈杂的噪音给埋没。

夏檬忽然觉得空气稀薄而又混浊。

小雨，放弃吧！

或许，我们根本就属于寂寞的苍穹，它那永无覆灭的忧伤是一个巨大的黑洞，吸卷着所有人内心深处的伤痕与空洞。在一切尘埃都飘飞逝去后，便凝结成一滴蓝色的眼泪——就是大海。大海是地球上最清澈透明的眼泪。她的身影遍布每一个角落，却隐藏不了内心深处的孤独。而我们，就是属于天空属于苍穹，永无止境地忙碌着，奔波着，只为寻求心中那个飘零的梦。

可是，梦可以拥有。但现实却只会把我们的心伤害得支离破碎，只允许我们用苦笑，绵绵地拖开一阵寂寥，这么，悲悯地活着。

夏檬站在被黑暗吞噬的天空下。凄美，绝望的笑。

一滴清冷的泪水寂然滑过面庞。

六

第二天，小雨第一次主动来找夏檬。

夏檬的眼神空洞而没有焦距，视线里只有墙，白的墙，白得仓促。

"怎么了？小檬！"小雨与昨天截然不同，现在这个带着甜甜的笑的是小雨吗？

夏檬突然感觉小雨的笑，微微地刺痛她的双眸。

"没怎么！"夏檬苦笑。

"呵呵！你寂寞的样子很可爱嘛！来，我给你讲个你曾经常用来逗我开心的笑话！"

"冰箱里有五只鸡蛋，有一天，第一只鸡蛋对第二只鸡蛋说，看咯，第五只鸡蛋长毛了！

第二只鸡蛋对第三只鸡蛋重复了同样的话。这样一直传下去。传到第四只鸡蛋耳里。

第四只鸡蛋一看，哎呀，第五只鸡蛋真的长毛了。

于是，第四只鸡蛋对第五只鸡蛋说，哎，老兄，你长毛了。

第五只鸡蛋郁闷地说，拜托，我是猕猴桃。"

"哈哈……"夏檬立刻被眼前的小雨那挤眉弄眼的动作逗笑了。

"你终于笑了！哈哈，我是天才！这都是我的功劳哈！鲜花！礼炮！鼓掌！美酒！干杯！"小雨陶醉在美好的幻想中。

"呀！你少自恋了！"夏檬及时推醒小雨。

"呀！你敢打我，胆子不小呀！来，接招！"这样，两个打打闹闹的身影成为阳光下最开心的一幕。

七

"我好想变成一只无忧无虑的虫子！"安静后的小雨拉着夏檬的手呢喃着。

"我喜欢这句话：给我一杯魂河的水，让我忘记我是谁。我只想做个小虫子，这辈子，下辈子……"

"嗯！昨晚我做了一个梦：我梦见我们在天空中自由地飞翔，无论在哪里都像住在白白的云朵里……"

两个女孩恬静的脸，朝着天空，微风吹拂着她们的头发，发丝在空中翩舞，她们手牵手，相信：只要面朝天空，想象着翱翔在苍穹，一切都会春暖花开……

我不知道风从哪一个方向吹

郭旭梅

> 我不知道风是从哪一个方向吹，我不想追问它的故乡，唯愿它能告诉我：远方的友人，你今在何方？
>
> ——题记

这似曾相识的风吹过，吹醒了酣梦大地的迎春籽；吹绿了清澈碧透的荷花池；吹起了那梧桐树下沉积的树叶儿；吹白了历经风霜而褪了色的瓦楞；也吹起了我心中的点点涟漪，却吹不来遥远的你的音讯。像这样的风我不知道已经有几个岁月的轮回，模糊的记忆不允许我去拼凑那逝去的时间碎片，似乎是让我记住我们共度的美好时光是我生命的永恒。

（一）

那一年的那一天，我们离开各自熟悉的小学，来到彼此都感陌生的中学，就这样我们成了同学。你给我的第一感觉用温文尔雅来形容一点不为过。你还写得一手漂亮的字，但似乎不易接近。记得那时吹起了一阵风，不大，却能卷起纸屑漫天飞。我们叠了纸飞机，让它像梦一样在风中飞。当两只飞机相遇时，当我们擦肩而过时，我知道，那微笑拉近了我们的距离。这样，我们相识了。

你还记得吗？在有风的日子里，我们一起逃学在山顶呐喊，那种登高山小天下的豪迈情怀是我从未体会过的，很洒脱，很飘逸。也许你不知道，在小学时，我是师长眼里的乖学生，怎会有这种勇气去放纵。我很感激你带我感受叛逆的刺激，解放的快慰，无羁的释然。和你在一起，快乐，充实，不言而喻。我不以为逃学的学生是坏学生，因为你，因为那时的我们成绩总是名列前茅。

我们一样喜欢细雨中的宁静和孤独；喜欢骑着单车让衣衫随风掀起；喜欢在无人的竹林里促膝畅谈；喜欢在原野里尽情奔跑，跑累了就地躺下。你曾对我说，和我在一起你的感觉会跟我走，我想说这是心有灵犀。

你还记得吗？有一回同学说某山的野玫瑰开花了，我们溜出校园去采摘。那天我们很开心。那些花儿白里带紫，很清纯的颜色，有些清香。玩累了，我们躺在石头上吹风，你说你想考北大，还要留学哈佛，看着你水灵的双眸我没有说话，我并不诧异，因为我知道你是外柔内刚的女孩，向往着翱翔蓝空，并且会为心中的理想不顾一切。

　　或许是命运的不公，或许是上帝的戏弄，你不但没有一个完整的家庭，还被残酷地剥夺了健康。我不能也无法想象你如何接受这样的命运，但你看起来远比我想象的坚强。或许你的痛苦只有你懂。也许正是这浮沉的现实造成你复杂的性格，你总是把心藏起来让人难以捉摸，给人太多的遐想，像一本深奥的书，我们读不懂，但相信总有人明白。你的时而沉默时而快乐，像是在戏剧性的变脸。不知在你沉默时是否在独自净化你那受伤的心灵，可惜那时我没有安慰你。你总是把快乐带给别人，把忧伤留给自己，所以拥有很多朋友。知道吗？你是第一个也是唯一一个让我快乐感动让我哭的人。我不知道那年的风是从哪一个方向吹，但却把快乐吹到我身边。

（二）

　　或许距离真的能产生美。

　　我们相识仅一年，你就离我而去，初二那年，同学说你走了。或许是去云南，或许是去找你爸，抑或去流浪。你走了连个电话、地址都没有留给我，甚至不曾说一声再见，不曾挥手道别。我很失落，但却因此更加想念，或许是种依赖的情愫。你的杳无音讯是否意味着对我这个朋友的忘却？我希望不是。只是你神秘的论调注定让人牵挂，你的简简单单，让我寻寻觅觅。我不会埋怨你，只愿你以后的路要走好，不管遇到什么困难，不要轻言放弃，请你相信，走过荆棘遍布的崎岖小道，前面会是水天一色的康庄坦途。

你走了，我四处寻找你的方向。每一阵风过我都拦住不放，我一遍一遍地追问它们：是否一路收集了有关你的美丽故事，结果却让我失望；每一阵风过我都抓住不放，让它们向你捎去我的心意；每一阵风过我都缠住不放，问它们是否还记得我，并央它们代我问候我们昔时的"游乐场"，看看山里的玫瑰是否依旧盛开，看看河里的竹筏是否依旧繁忙，看看风中的纸飞机是否依旧找不到归宿……我去寻找我失去的美丽，永远不会迷路，沿着记忆，路已烙在我心里。我不知道风是从哪一个方向吹，但却把思念吹到我身边。

哦！朋友，此时的你与谁同守一扇窗，看东北的雪，云南的雨，上海的树，南阳的鸟呢？我翻开你送的笔记本，一行清秀漂亮的字跃然纸上，带我穿越时空，看到往昔的嬉戏。

青蛙依旧在叫，你的声音却听不见了，秋风吹起，树轻摇，远方的友人你今在何方？

我珍藏已久的秘密，好想，好想告诉你，就是……我很想你！

不背书包的少年

许 君

（一）

　　他撩起网吧的塑料条门帘。恰好一阵风吹来，塑料门帘翻飞着，打在脸上，这让他很是恼火。他将扑到脸上的一根门帘条揪住，恶狠狠地一甩，像要甩去一切的不快。

　　在网吧里面待得太久，整个人有点昏昏沉沉。刚一站在街上，潮湿但干净的晚风拂面而来，街灯、行人和游戏里的世界完全不同，他仿佛被扔到了另一个不真实的世界。想想刚才的情绪，似乎不完全是因为游戏失败，真正让自己愤怒的是自己居然在网吧里待了一个下午！他觉得这不好，不是一个中学生的行为——他有些恨自己。

　　"突突——嘛！"一阵摩托车马达的轰鸣声自远而近，突然就停在跟前：是王伟豪和老贵。

"耗子！不进去啊？！"王伟豪从车后座跳下来，他和这个老贵是在网吧认识的，老贵比他们大两三岁，据说初三读了一个月就不去上学了。此时老贵摸出一支烟递过来。他朝地上吐了一口痰，没有接。

"进去吧！今天我送你几件装备，很管用的！"

他开始清嗓子，"嗯——哼！不了，要回去了。"

"算了！下次吧。"两人急急地掀起门帘，走进那个明亮又混沌的世界。

他踢着灰尘与小石子走在回家的路上，路灯把他单薄的身影拉长了又压扁。家里黑暗而冷清，厨房里还是自己中午吃完饭的样子，碗筷漂浮在水池里，在黄黄的灯光下显得格外冷清。爸爸在郊区库房，妈妈应该还在大桥下守着水果摊，守着夜晚可能有的一两桩小生意。他有点想念网吧的温暖和热闹，还有老贵的邀请。

他热了点饭菜，草草地吃完后细心地留了一份在锅里。收拾干净碗筷后他烧了一壶水煲在保暖包里，这样母亲回家时就可以不用再费时烧水了。

妈妈应该是在他睡着后，拖着疲惫的身体回家。

（二）

他没赶上星期一早晨的升旗晨会。

不是时间的问题。其实每天母亲出门时他就醒来，当大门沉闷地响了一声、紧跟着自行车链条的声音远去，那是母亲骑着三轮车去批发市场进货了。批发市场是清晨五点开始营业，那时的水果又多又好。

　　他是在校门口东边的那个小店里磨蹭的时间长了点——这个店老板看上去很客气随和，不过他曾看见有学校的学生在这里买香烟——他去吃早点时碰上在这里偷偷吸烟的王伟豪，两人就聊起了昨天的游戏。

　　当他们走进教室时，班主任叫住了他们。

　　"刘浩、王伟豪！怎么没有参加晨会？"

　　"我的车没气了，瘪胎了。"王伟豪应声答道，自然的神色让他吃惊又有点羡慕。

　　"车坏了？——那你呢？你的车没有坏吧？"声音有些冷。

　　"我，生病了。"他的声音低低的。

　　"生病了？"班主任的嗓门尖锐起来，她的眉毛一定也竖了起来。"生病了，什么病？"

　　"头痛、有点昏沉沉的。"他还是低着头，看着自己的球鞋。班主任的皮靴亮亮的，尖尖的鞋头仿佛要戳破他的谎言。

　　"头痛？真是巧啊，一个车坏，一个生病。一说上学、干正事就头痛脚痛，一点组织纪律性都没有。如果让你们上网、滑轮滑，头痛都会忍着。"班主任的思维就是这样，从一件事扯到另一件事，全盘否定。

　　"老师，我真的是车坏了。"王伟豪的声音很诚恳，"还是刘浩带我的，不过他人不舒服，是我骑他的车带他过来的！不信，您可以问门卫。"

　　"哦！进教室准备上课吧，如果实在不舒服就去医务室看看。"

　　班主任的皮鞋声终于消失在走廊尽头。他回过神来，走到座位上，把抽屉里的书本理了理。抬头看见黑板一角写了几个字："下午交英语作业。"学习委员还画了一只眼睛以示提醒，大大的眼睛似乎在瞪着他。他探过身去，从另一排课桌上找到他想要的本子，翻开后就抄起来。

（三）

　　早操又没赶上，这次是真的有点事：妈妈的喷水壶坏了，他重新做了一个，花了点时间。

　　早上上学时，妈妈居然没有出摊，在整理昨天没卖完的水果。他帮着把那些皱皮的苹果、不太新鲜的香蕉有技巧地摆放整齐，让人看起来显得好看些。有些还要洒些清水，这样显得新鲜。

　　喷水壶是妈妈卖水果必备的工具。天气干燥炎热时，好多水果要随时喷水，不然会蔫得很快，不好卖。说是喷水壶，其实是把一个大号可乐瓶的盖儿扎些眼就成了。简单好用，就是容易坏，几个月就得换新的。

　　下午的政治课是班主任的课。讲完课后，班主任拿着班干部记的名单开始了"半月谈"——一般班主任会半个月总结一次班上的情况，从纪律到卫生，从作业到听课，从早操到发型，内容多得没完没了。偶尔也布置一些参加学校拓展小组比赛、征文大赛之类的活动。他都只有安静听的份，那些光荣的、为班争光的事情永远与他不相干，好在近两年来也一直没有被点名批评过。只是这次他"上榜"了！

　　王伟豪，旷课3次，上课讲话被老师点名批评3次，早操晨会缺勤3次。

叶艺林，迟到2次，作业未交3次，值日未完成2次，上课睡觉3次。

……

刘浩，早操晨会缺勤2次……

看着教室里和自己一样站着的八九个人，他把头低得更低，整个人似乎都要躲进宽大的校服里。

一通批评后，班主任又苦口婆心地说："我们虽然是普通班，但是大家不能没有信心，如果自己放弃自己，又怎么会进步呢？我相信你们中的多数不是故意违纪的，你们是学不进去，才引发的连锁反应。是不是啊？我相信你们有上进心，就是控制不住自己，是吧？"

班主任终于结束了她长达一节课的教育训导，他们被允许坐下来。他茫然地瞪着课桌面，只见上面已被自己的指甲划出了一张哭丧的脸。

（四）

不知不觉地还是到了网吧门口。照例是内心十分犹豫："别进去吧，迟早要被发现的。""进去又怎么啦？回家也是无聊透顶。""别进去，游戏也很无聊，还不如看地图。""进去一会儿就出来，就一会儿！不上游戏，听听歌……"

"hello！""嗨——兄弟姐妹们！"一阵笑声把他从茫然中惊醒，眼前的一群人显得开心而热闹。有人也向他打招呼："耗子，干吗呢？没精打采的。"

"不开心啊？不开心要说出来。"

"是啊，说出来会好点的，也许我们可以帮你。"

"刘浩，你不至于有事跟老师说吧？！"

"我没事，就是无聊啊！"在朋友们面前丢面子可不行。

"上回那个臭小子和她女朋友跑得快，不然我们非帮你出气不可。"他一时没听明白，"就是'猪肝'那个混账啊，居然抢你的六号机，实在是欺人太甚！"

一群人又七嘴八舌地闹腾起来："是啊是啊，太不给面子了。""刘浩是我王伟豪最好的同学和朋友啊，怎么能被人看扁呢！""要找他们说清楚了！不然以为我们哥们好欺负。"

在大家的起哄嬉闹声中，他似乎找到了一点安慰，心情好了许多。

又是在网吧里度过了一个夜晚。其实也没干什么，就是在聊天室聊了一会，然后下了一部电影在看，看着看着，仿佛就睡着了，很不踏实地睡觉，周围有机器的气味，有汗味、烟味，还有臭袜子的味道；再后来，声音小了许多；再后来似乎有韭菜饼、方便面的味道——因为又一个清晨来临了。

他在早点铺子里买了冬瓜馅饺子边走边吃，感觉自己蔫蔫的。身边的人们神清气爽，沐浴着清晨的阳光匆匆赶路，那些父母和老人送孩子上学的情景更让他心里怪怪的。记忆中一直是爸爸送他到学校后去公司上班，妈妈接他放学。妈妈常常包冬瓜馅的饺子。现在爸爸被总公司调到郊区守仓库，半个月才回家一次；妈妈的工作也一换再换，最后是开了个水果摊。那时全家经常去城边的湿地公园玩，妈妈看他摘菱角，爸爸帮他捉蜻蜓。有一次他们在公园大门拍了快照，当照片在几分钟内显示出爸爸妈妈亲昵地拥抱着他时，他大声说：我长大了也要变这个魔术！逗得在场的人们一阵大笑。

那时的他是个乖孩子，爸爸妈妈年轻却有耐心，一家人的生活有欢笑和温情，可如今一切都那么遥远模糊……

（五）

今天乖乖地上了一天课——他努力地让自己不走神，认真跟着老师讲课的内容去想、去练习，有不少内容好像也不太难，他心里有点高兴。不过让人期待的信息技术课每两周才一次课，老师却安排大家练习五笔字型，这对班上多数同学而言确实有点扫兴。今天还发生了一件可笑的事情，"睡神"叶艺林在物理课上打瞌睡睡着了，直到下课时全班起立、向老师致礼时才被惊醒。当时他睡眼蒙眬、嘴角淌着晶亮的涎水，那个模样引爆了全班，哄堂大笑几乎要震翻教学楼。

下午第二节和第三节是体育课，因为学校没有运动场，总是借附近一所中专学校的运动场上体育课。体育课后几个男生留下来踢了一会球就各自回家了。他没有回家。

紧挨着这所中专学校操场外是一个集贸市场。正是傍晚时分，这里人气很旺，蔬菜摊、小吃店、卤菜铺、理发店都在营业，还有流动的卖瓜子炒货的小车、水果车在马路边抢占位置，十分热闹。出租图书的书屋里有很多中专学生在租书，武侠、魔幻、灵异、言情的，应有尽有。看来口袋书真的很受欢迎。

他在一个修鞋铺前站了好久，觉得挺有意思。

"刘浩。"班主任推着自行车过来，她的自行车前筐里放着一袋蔬菜，后座上坐着一个胖嘟嘟的男孩。她把一双儿童鞋交给师傅，然后坐在小马扎上等着，小男孩手拿一根芹菜挥舞着玩耍。

"你放学了怎么不回家？书包呢"这时的班主任少了些在课堂上的严厉，显得和气多了，也好看多了。

"因为，因为下午是体育课，就没带书包。"他的喉咙紧紧的，头上冒出了许多汗，似乎毛孔一下子全打开了。

班主任看他局促的样子，微笑着让小男孩叫他"哥哥"。"是这样啊。你父亲还在郊区上班吗？妈妈的水果摊生意还好吧？"

"嗯，还行吧。"原来班主任对自己的情况还是很了解的。

"刘浩，你在我心目中是个懂事能干的同学，爸爸妈妈的工作很特别、很不容易，但你能自己管理自己，好几位任课老师也对你评价不错。不过你要合理安排时间，争取学习成绩有提高。"

鞋子修好时，班主任温柔地对小男孩说："宝宝，我们回家烧香香的饭菜好不好？好孩子要按时回家的，大哥哥也要回家吃饭做功课了。来，跟哥哥说'再见'。"

班主任骑上自行车前又交代了一句："要严格要求自己啊，有问题要多问、多交流。"

（六）

今天是周末，班上有两个同学缺勤，一个是王伟豪，另一个是经常请病假的女生。课间班主任把他和另一个男生喊到教室外，问他们是否知道王伟豪的情况，还问是否认识叫"老贵"的人。他有点奇怪，王伟豪不过是旷课、讲话、逃避做卫生值日呗，还能怎样？班主任难道知道自己通宵上网了，不然怎么知道老贵呢？他十分担心，怕老师知道自己的学坏，他想自己应该赶紧改正错误，不要让别人为自己担心——他这么想时，心里轻松了一些。

回到家里，上了半个月班的父亲也终于回来了，不过父亲只能在家休息一天。他开始写地理作业，父亲走过来，问道："书本怎么卷得和腌菜一样？学习用品都这么不整洁，你怎么能学得好。哼！"他没有辩解，因为书本是卷在裤兜里带回家的。

其实他自己都说不清多久没有背书包上学了，前两天班主任还问起这事，他找了个借口搪塞了过去。班里不背书包的同学有十几个，他也觉得空着手来来去去很自在。王伟豪和叶艺林告诉他，不背书包最大的好处是可以在街上闲逛，可以随时进网吧，偶尔吸烟也不怕别人问。那次一些同学在体育课的自由活动阶段溜出去滑旱冰，一直到晚上才各自回家，如果有书包就太累赘了。从此他开始不背书包，反正父母也不知道。即使他们问起，就说作业在学校做完了，实际上有些作业是第二天到校抄袭后上交的。

不过地理作业是他目前还坚持自己做的科目。地理老师是最受大家欢迎的老师，他很幽默，对待同学很平等、不偏心。老师稍微有些谢顶，同学给他取绰号，他并不介意，还启发大家看世界地图，比照哪个国家的轮廓最像他的发际线。课堂提问时谁都有可能被点名，题目也很有意思，比如："巴西足球队在历史上得到过几次大力神杯？""带着一篮青菜从武汉到拉萨，怎样才能最快到达，保证新鲜？"所以他一直很认真地学习地理。学习南亚时，老师讲解南亚特产，问大家南亚有什么水果，因为常为妈妈做事的缘故，他很自然地举手回答。老师十分高兴地说："感谢刘浩同学再次提醒我们一个真理：生活处处皆学问啊！"

从那以后他上地理课都十分专注，课余遇见地理老师时也会像优等生那样自然地问好。今天发作业本时老师开玩笑地说："刘浩的作业本是不是环游世界了，满脸的褶皱似乎有世界各国的风尘啊！"他决定今后还是要背书包上学。

（七）

"刘浩！刘浩！"他正在看八点档的周末电视节目，外面热闹起来，推门一看，居然是班长和几个班干部，还有班主任！班主任请他用QQ联系找到王伟豪。

这一天大家一直在寻找王伟豪，班主任带着同学去了王伟豪常去的几个网吧、游戏室，去了他邻校的朋友家，还有小学同学家；他家长联系了朋友甚至是外地的亲戚都没有结果。后来有人说最近刘浩和王伟豪关系还可以，再找刘浩问问吧。

班主任的脸色不太好，她清秀的脸自从带班后一直气色不好，因为普通班学生的调皮，因为教学的压力。她的嘴角常常是紧紧抿着，眉毛竖起，一副随时挑刺、不把你批评得无话可说不罢休的架势。所以有时他觉得大人很累，像爸爸、妈妈、老师不轻松；有时他觉得当学生也很累，功课、朋友，搞不懂大人的变化，不明白学校的要求；有时他又觉得王伟豪他们几个"差生"看上去很潇洒，谁也不怕，其实心里并不轻松愉快。

几个同学在老师的办公室上网，在几个好友群里都发出了消息。班主任和学校学生科的老师一直在打电话。几个大人也在焦急地等待，听他们讲话，其中有王伟豪的家长，也有派出所的警察！

警察还叫来叶艺林问了一些问题，并且给他纸笔让他把刚才的内容写下来。

　　时间一点点过去，王伟豪的头像一直是灰色的。同学们都有些惶惶不安，大家越来越着急，他的妈妈泪水涟涟，瘫坐在椅子上。学生科老师买来面包，因为这一整天班主任和王伟豪的家长都没顾上吃饭了！

　　突然一阵滴滴声，QQ头像闪烁起来，是王伟豪！

　　大家立即跳起来凑到电脑前。

　　王伟豪问他能不能"搞"到钱！他要离开学校，去常州打工！

　　原来昨天凌晨王伟豪和老贵到一个不熟悉的网吧上网，遇见了一个与自己有点矛盾的人。当时是在王伟豪常去的网吧里，这个男生把方便面汤滴到王伟豪身上，双方起了冲突，对方吃了亏。昨天这个男生和几个朋友一起到网吧，与王伟豪再次争斗起来。老贵打电话叫来了"社会上"的人，混乱中动起刀子，有一个人脸上挨了几刀，其中一刀从正面砍下，鼻子都要掉了！

　　王伟豪QQ上外挂了一个表情包，打出来的字能根据内容自动变化大小、颜色，还能根据内容变化效果、加小图片，因此，一段话里出现了好几处刀枪乱舞和血肉横飞的画面，还有被剁下的手指头什么的。

　　大家看得目瞪口呆……

（八）

　　他站在公告栏前，心情如晴空般舒畅。

　　"刘浩，地图知识类，优秀"，光荣榜里的这行字让他心情愉快，好像校园里迎风飘扬的彩旗。

那天夜里，在老师和同学们的劝说下，王伟豪告诉大家他所在的地方，派出所民警和他的父母连夜到郊区的一个网吧里把他找了回来。由于王伟豪提供的信息，派出所很快查明了整个事件，一群小"混混"受到治安处罚，已满十八岁的老贵被罚款并被拘留十日。

学校对这事特别重视，学生科请来法制副校长开办了系列讲座，向同学们宣传日常生活中常碰到的法律问题。师范大学的一个博士生研究小组也到校开展了青少年社交与网络心理的研究活动。

班主任老师带着同学们对校园周边环境进行了调查，由同学们完成的调查报告报送到有关部门，公安、文化、工商等部门联合对校园周边环境进行了大整治，那些摊点、网吧、游戏室和书屋、发廊等都是重点整治对象。

学校的活动也多起来，不少活动很有意思，并不都是学习类的。有辩论赛、轮滑比赛、"少年之星"评选，还有邀请家长参加的"校园开放日活动"、亲子参观活动。在地理老师的鼓励下，他报名参加了"秀绝活"比赛，项目是认地图、记地名。

他每天都背着书包回家，里面有书本、习题集、地图册。他的业余时间也渐渐忙碌起来，有时帮妈妈进货、出摊。偶尔路过网吧，看见里面的光亮，他真想告诉进出那里的少年：光亮的并不都是光明。

第二部分

在鲜花盛开的地方

　　我祈求能在梦里掬一捧"外婆的澎湖湾"的清波，高高扬起，任其丝丝缕缕飘飏到九重云霄，那里是天堂，湛蓝、静谧又安详。天堂里排列着仁爱巷，和平村，善良街，宽容路。

——叶沁茹《湛蓝的"澎湖湾"》

答应我，
别在我长大前老去

杨金秋

"嗯，那很好啊，又暖和又离学校近，还可以上网呢，再见。"撂下电话，钻进被窝，一时间，什么都不愿想，什么都不愿做。

把所有零食摊放在床上，舍友认为出了什么事，把各自的好东西都放在我身边。这群丫头还有我都认为吃东西能缓解忧伤。明天就能回家了，可靠着床边咬着早上还很想吃却留到晚上的零食——现在觉得味道像蜡，而且也不消化都堵在胸口，闷闷的感觉。躺在床上，不明白怎么会这么郁闷呢。

手指触到新发的杂志，忽地明白，是因为回家却看不见她，确切地说是可以回家了，但没有回家。她在电话那边哑了嗓子说："这次别回来了，去你舅舅家吧。家里暖气断了，冷得很。"其实不该这样，本来开学到现在，一直都是两周回家一次，这次只隔了一周，就能回去了，就算不回去，也不该想家啊，而且我一直以没心没肺自居，很少有想念什么人的时候，现在，这破感觉来了，慌慌的，涩涩的，沉沉的，真是烦人。

那个她呢，她要是抬头看见邻居家的孩子拎着大包小包回家喊妈妈的时候，会不会念叨我？会不会想我？应该会吧。要不，她不会在开学的时候，因我给她打电话，而向邻居炫耀了好几次。有什么啊，就因为我给她打了个电话，她一天跑人家家里说两回，我要是不回去，她该没有动力去包那费事的饺子，炖那麻烦的鸡汤了吧……心里湿湿的感觉又来了，我有点受不了自己，这才上高中，可以两星期就回家一次，上了大学要半年才能回家一次，要工作了呢？就更没有精力往家跑了吧？现在就难受得睡不着觉了，以后怎么办？真没出息，会想妈想到哭。妈，你要是想我了呢？你想我了你怎么办？还有没有一个空间来盛放你的眼泪，有没有人送给你缓解忧愁的零食呢？有没有？

我狠狠地敲了自己一记，真笨啊，想就回家去啊，无非是多转两趟车，无非是挨两天冻嘛，当我到家门口的时候，她一定在拖地，抬起头来，说，谁让你回来的？这么冷的天，瞎得瑟啥。

可我知道，她想我。

但是到家的当天下午，她还是要把我轰走，说什么到我舅家去学习，多写点作业。

出门的时候，她帮我把拉链拉上，紧严。我有个毛病，最不喜欢把领子拉好，当她把领子上的扣子系好的那刻，我又想起老师讲的一首诗，母亲在儿子出门之时，把思念缝在衣服里，而妈妈，你是不是要把思念拉进我的领子里？当我坐上公车的时候，一碰就会轻轻地疼。我走出门，你也跟了出来，眼睛四处乱看。我说，妈，我走了，外面冷，你进去吧。走出一会儿，我回过头，透过镜片，竟看到你站在门口看着我，你的眼光聚集在拎着水果的我身上。我马上转过脸，再不敢回头看，认真地走我的每一步，心里再静不下来，那是一种怎样的情愫啊，一个大孩子走在街上，眼泪怎么也止不住了。我想起，史铁生写他的母亲，他已经走了好久，想起忘记拿东西，折回来，却发现母亲仍站在风中，望着他的方向……妈，我不许你在风中站太久，你要马上进屋，听见了没？

坐在车上，车上也放着歌颂母亲的歌曲。以前不写母爱的文字，不读母爱的文章，觉得矫情，觉得虚假。不屑于感觉其中的亲情，现在看来，那是作者的感悟，那是一颗感恩的心啊！是麻木和漠视，是一味地享受，也许是偶尔的训斥让我们当时无从言爱。

现在回家，妈妈唯一一句重话，就是"不要乱交朋友"，那定是在心中翻腾已久的凝练了又删减了许多的担心和警告，只有6个字，想了定不下600次，我狠狠记住，记住她的警告，她的爱。

下次回家，不再乱跑了，一步也不离开家了。忽然想要好好珍惜和她一块的时间了，好好看看她渐白的头发，好好看她深陷的眼睛，好好品尝她不好吃却精心搭配的早饭，好好闻闻她身上的味道，好好体会她少有的调皮和幼稚……

妈，今天班主任又夸我了，他说我有头脑，还给我推荐书了；

妈，我到校很晚了，明天中午给你打电话；

妈，我爱你；

妈……

在鲜花盛开的地方

池洁丽

> 妈妈，再次站在鲜花盛开的地方，你可曾闻到花香。
>
> ——题记

眨眼间，10年已过去了。馨兰已是一个亭亭玉立的14岁女孩。当她再次重踏故土时，她不知不觉地来到那鲜花盛开的地方。

眼前，群花璀璨，散发着浓郁的花香。这一切，对馨兰来说，既熟悉又陌生。熟悉的是那浓郁的花香，陌生的是浓郁花香里缺少一种味道——妈妈的味道。

10年前，未满4岁的馨兰常和妈妈来这个地方玩。每当馨兰闻到这浓郁的花香时，都会兴奋得哇哇大叫，跑到花丛里与妈妈捉迷藏。

"妈妈，快来捉我嘛。"馨兰天真地对妈妈眨眨眼说，然后嘻嘻地跑进花丛中。

"小兰，妈妈来捉你咯。"妈妈看着可爱的馨兰藏起来，脸上洋溢着幸福对女儿说。

"妈妈，快来捉我呀！

"来了，小兰，你在哪呢？让妈妈看看你在哪？"妈妈明明知道馨兰藏在哪的，可她偏装着不知道。

"妈妈，妈妈，你知道我在哪吗？"当妈妈周转在馨兰所藏的附近，小馨兰得意地问着妈妈。

"妈妈不知道耶，小兰在哪呢？"

"哈哈，妈妈，我在这。"馨兰一个箭步扑上妈妈的背上，妈妈高兴地背着馨兰旋转，欢声笑语荡漾在她们的四周。也许，妈妈故意找不着她，就是为了这个美丽的场面。可是，这样的场面一直延续到馨兰4岁半的时候，再也没有出现了。因为，妈妈在那时已飞去天堂听那天籁之音了，留下父亲与她相依为命。

这场剧变，让馨兰无法接受。她封闭自我。不与任何人打交道。无能的父亲把她送到姨妈那去寄养，使她受尽了寄人篱下之苦，也使她永远无法用现实去弥补这心里的伤痕。直到今天，再次来到这鲜花盛开的地方，她不禁泪水簌簌地流下。

馨兰慢慢地走在这小径上，这里的每一朵都能勾起她儿时的记忆……她站这在妈妈曾背她快乐地旋转的位置上，喃喃自语：

"妈妈，在这鲜花盛开的地方，你闻到花香了吗？也许不，你正倾醉于那美妙的天籁之音。妈妈。这儿再也没有您的味道。您的味道——是一种阳光、爱的味道……"

"走在鲜花的路上，妈妈的歌声陪你做伴……"

也许，只有这改编歌曲才能完全懂她的心；也许，只有这鲜花盛开的地方才是她的归宿；也许，这是她发泄积抑在心里已久的情感的地方……妈妈，你可曾再次来到这鲜花盛开的地方？

湛蓝的"澎湖湾"

叶沁茹

题记：牵挂真的是一缕很柔韧的丝线，能把一切缠绕成一体，任凭岁月的刀剑何等锋利也无法割断，因为那里有灵魂中的血与泪浸润。

看到汶川大地震报道的一个4个月的婴儿及其母亲留给他的短信遗言，我的脑子里蓦地就浮起那一片已逝的遥远的湛蓝——只属于我和外婆的记忆——泪，如涌泉。

我一向认为快乐的时光总是短暂的——它插了翅膀会飞，过去了，就无法挽留，只留下令人回味的空间。我们在当时想铭记，但事实上，随着韶光的流逝，它们将渐渐烟消云散；我们总在企图逃避一切引起悲伤的过往——罹难的人们，不堪回首的昔日以及诸如此类的东西——结果却带来心灵深处永远不可磨灭的隐痛。

死者长已矣，留给生者的该是怎样的绵长如丝的哀恸与牵挂？！

现在，当我静坐在窗明几净的教室里，脑子里挥之不去的仍是约莫3年前外婆西去时那段阴霾可怕的日子。

那是在上初一的时候，马上就要迎来五一长假，所以学校采取当周连周的上课方式以便调休。连日里，我总是诸事不顺：桌上的杯子莫名其妙一碰，茶汁便溅出洇湿满桌的书；天气分明晴好，可是我心里总笼罩一种说不清，道不明的云翳，挥之不去，就莫名地发脾气；月考临场糊里糊涂地发起呆来，把试卷的答案在答题卡上填乱……不祥的预感梦魇地盘桓在心头，我在惶惑之中就给妈妈打了个电话。妈妈的声音似乎一如既往的恬淡，沉静。然后又告诉我，姨妈现在正和她在一起，并要我安心上学。我只不解：姨妈一向住在福安，现在又没什么事情，好好地怎么会回寿宁呢？在重重疑虑之中，终于熬过了剩下的五天时间。在五一节前的那天晚上，我就从泰顺赶回寿宁。

一下车，爸爸的身影就映入了我的眼帘。这实在是一件稀奇的事：无论长假短假，我向来是一个人到站下车回家的。他只微笑了一下，很沉闷地说了句"今天回外婆家吃饭。"接着是爸爸一路无话地走在前面。这更是奇怪：平素里爸爸与我在一起总是有说不完的话。这样疑惑着，很快我们就到了外婆所在的胡同口。也许是因为在晚饭时间，胡同里分外冷清。拐过两个巷角，鼓锣敲击的哀乐传入耳膜。这是在很特殊的日子——丧礼之时才会有的呀。这幽静深邃的深巷，顿时让我感觉到了壅堵，我的心开始紧缩起来，不由自主地屏息，战战兢兢地跟着爸爸迈进外婆家的四合院，满眼里看见的是满世界的花圈，正厅前一口死气沉沉的棺材还有三三两两伫立着穿着孝服的人——本分散在福鼎、宁德、福安的亲戚们还有本家当地的人。顿时，我的胸口一阵阵地涌动着，却又无法宣泄，只觉得喘不过气来；脚软得出奇，像踩着绵软无底的棉花团，整个人轻飘飘的。待到好不容易从檐廊挪到妈妈面前,耳际就很温柔地炸出一声哭腔——沁茹,你在几天前已没有外婆了!我的眼就那么一黑,瘫软到地下,泪汩汩地淌了出来。爸爸妈妈姐姐七手八脚地把我扶了起来,我周身冰凉,强撑着挪了两步,腿又软了下去。

小表妹过来抱着我哭,边哭边说外婆走了一个礼拜了;我妈不让大家告诉我,反正人都走了,不要让我在学校里分心……我接受的是无神论教育,但那一刻,我相信:冥冥之中我和外婆似乎是灵犀相通的。只有在这时,我这些天来遭遇到的奇奇怪怪,才能得到极残酷的解释。这根系在外婆和我心尖上的丝线呵,你为什么不再那么柔韧?

那是我第一次如此真切而深刻地体会到生命中密不可分的一部分被命运之神硬生生地撕扯而去,心底渗血。我不能原谅我居然没见到外婆的最后一面!表姐不厌其烦重复地说,她觉得外婆永远沉睡定格的样子非常安详。尽管如此,我还是无法吞咽外婆临走前两天里所遭的不公……

若让我再次拷贝那可怕的场景真的需要很大的勇气。但现在,我决定将它永远记录,虽然这些事都是大人们后来才告诉我的。

人到了一个阶段,也许是会对死神之约有预感。外婆在那之前的半个月就把两个鸡蛋绑在腰间,怎么也不肯解下。在闽北农村人看来,一个人快要死的时候应该在腰上绑两个鸡蛋,那么黑白无常来访时就会对亡魂客客气气的,西天的路上不会刁难到哪里去。一个阴天的午后,外婆上街了,上街了的外婆就一直没有回来。出门时,她腰里绑着鸡蛋,胳窝夹把伞,轻轻悄悄的,谁也没有惊动。对于有点老年痴呆的80高龄有余的外婆,家里人一直看护得比较紧,但在这天中午午休间,谁又能想到外婆一上街就会连回家的路也找不回来呢？等啊等，不到晚饭过，全家就都出动寻找了。寿宁县城是个东头说话西头就能应答的地方，家人慌慌张张穿街走巷，却觅不到老人家的身影。两个舅舅和他们的朋友又立即分头向东西两个方向奔去，直到城郊。四处打听，焦苦万分的是谁也没见到外婆，因为被询问到的人一概是摇头。漫长的两天过去了，大舅终于听人说在西郊命溪附近曾见到过一个满头白发拿着把伞的老妇人，她不停地向路人打听路，说是要到女儿家，可总找不到路……行人以为她不过是个疯婆子，无一例外地闭口不应避而远之了。于是，寻救的重点一下子瞄准在西城离家有好几里的沿溪附近，当天中午，二舅舅在溪边一个低于地面一米多深的田坎里发现了已经长眠的外婆：整个人蜷缩着身子，静静地依在田坎的角落，怀里紧紧抱着那把伞，两只手掌深处的血已经干结成痂，手掌及手指的皮基本磨破。再看从路下沿着田坎的侧壁，是一道道刺眼的留下血印的划痕——那是外婆在黑夜里用尽力气企图攀爬上田坎求生、而反复不已挣扎过的见证——一次次的失败并没让她老人家放弃努力，可手掌上的原本又老又厚的皮肉却变得血肉模糊；无边的黑夜是多么的残忍，它一点一点地吞噬着年迈体弱的老人体能！孤身一人的外婆，因求生心切而更加恐惧惊慌不堪，在漆黑的田野饱受比饥寒更可怕的煎熬！四月末的闽北寿宁，夜里仍是零度左右的温度……妈妈哽哽咽咽着说，外婆就是这样在恐惧挣扎中离开人世，她是多么的不情愿啊！天哪，她曾向多少人哭喊过，又有多少人见了她绕道而行，听见了她呼叫却塞紧耳朵！一个生命的微弱之光就这样地被吹熄在无边的黑暗里，谁能让我相信——外婆走得很安详？！我怎么可能不在心里痛恨那些个被她曾拉着袖腕，苦苦哀求带老人家走出迷途的行人？！如果那时，这些路人尚能存一点良知，有一点起码的判断力，哪怕只是拨打个110，把这老妇人报告给民警，外婆也许不会死！外婆，你那腰间绑系的两枚鸡蛋在苦苦挣扎中能保全吗？有人注意到它们被碾压碎了吗？地狱的使者能谅其一片苦心吗？

一生行善无数的外婆呀，我不会谅解这类人的冷漠和隔膜！外婆，你会原谅他们吗？你的心胸比我宽，你的心肠比我软，这是我一生坚信不疑的！

妈妈说，那不能算是他们的错，现如今有谁不怕缠上一个疯子而沾惹上麻烦？我仍旧无法释怀，我真的不能原谅——我不杀伯仁，伯仁却因我而死——世道啊世道，你的名字不该叫冷酷自私吧？

我的泪已经不属于我的了。泪水倾注过的"外婆的澎湖湾"恣肆汪洋，"澎湖湾"四围的与外婆有丝丝缕缕牵扯不断的画面重重叠印在我的脑海，我不知道与外婆的记忆丝线有没有尽头。哦，歌中一句"那是外婆挂着杖，把我手轻轻挽"！

我记不得是什么时候，每天早上我从家里到外婆家吃早饭，远远的隔着两百米的街道，我就可以望到水井巷口伫立着守着我的外婆，我一步跨上，挽着健壮的庄稼女人的胳膊，甜蜜蜜地走进外婆的四合院……

我记不得是什么时候，每当下雨天，由于我们任性怕麻烦，不在有预兆的时候带伞上学。可放学时走出教室，校门外的家长阵中定有一个是拿着两把雨伞的外婆。雨声中，我，小表妹和外婆欢欢喜喜地慢慢走着，雨点在伞面上蹦蹦跳跳，乒乒乓乓，应和着伞下祖孙两代人的笑语，逗得路人好生眼馋……

我记不得是什么时候，每当我在考试中得了第一，回到家，迎接我的必是外婆那挤满皱纹却笑得灿烂若莲花的脸庞，还有她亘古不变的"教训"："外婆是没读过书的人，你可要听外婆的话好好读书，将来是要有出息的，否则只能当个叫花子了。"边说边爱怜地理一理我的头发，眼睛里充满着"我孙累不累"的询问。

我记不得是什么时候，每到吃饭的时候，外婆总是把好吃的菜都往我面前推，然后眯眯地看着我笑。有时来客了，做好了饭后的外婆习惯似的端着饭碗，默默地只坐在灶边，待大家都下桌了，她才上桌风卷残云地解决残羹剩菜，一点儿也不舍得扔掉。饭菜剩下的越少，外婆越是抿着嘴。我猜得出她心里在偷着乐呢：我老太婆的茶饭不差呀！

我记不得是什么时候，外婆猛听我说有时夜里我会脚抽筋，竟然比我妈妈还紧张，天不亮就煮了一锅的陈橘猪脚汤，单等着我起床，态度很生气地逼我喝下去。开始，我嫌汤油腻，不肯就范。可一来被逼，二来味香诱人，只得勉强答应。外婆看到大功告成，禁不住得意扬扬地说："这样就好，以后外婆多给你煮这样的汤，我的外孙女就不会再抽筋了……"

我还记不得是什么时候，我回到家就把书包往桌上狠狠一扔，嘴气鼓鼓地撅着，两眼的泪满满地包着，身子一钉着动不动，木头桩子一般。外婆一见，马上丢下活计，凑上来小心地哄劝我。外婆的话不是巧言妙语，也没有一大堆的道理，可我就是爱听。外婆屋里屋外的忙着，我跟前跟后地粘着。听着听着，我忍不住扑哧展颜，闷气就一下子飘散得无影踪了。等到我真正舒缓过神儿，外婆边做活儿，就边套问我实情。若属我的过失，外婆就拉长脸唠叨：外婆不喜欢越大心眼越小的外孙女；若属对方的不是，外婆总说对方跟你一样小，生她的气是自己讨自己的亏吃；小心气饱了，装不下外婆专为你做的好饭好菜。在当时，我总是纳闷，在外婆断案的天平上，大与小怎么一会儿不一样，一会儿又一样了呢？

……

外婆呀，我的记性没有这么好，所以我难以记清你给予我的一切。

我只是不解，我俩之间的心灵丝线为什么一天比一天地柔绵，一天比一天地魂牵梦萦呢？

无数枚记忆的贝壳都静静地躺在属于我和外婆的澎湖湾沙滩上，随意拾起一枚，都能唤起我真真切切的记忆——灵与肉生鲜难比的记忆。我是个恋旧的人，过去的一切都会清清楚楚铭刻在灵魂底版上。这样我才不至于忘本，尽管伴着噬心的伤痛。

回忆是一件痛苦的事，过去有多么快乐，回忆就有多么伤痛，而回忆中的遗憾，会折磨我一辈子——心与灵有折磨相随，就不会滋生锈钝和麻木。我是坚信这一点的！

我似乎不需要一一列举外婆在世时对我的好，但却时时记得邻居们常说的话："沁茹，外婆对你这么好，你将来长大了可要好好孝顺外婆。"每听这话，那时的外婆总一脸灿烂地，昂着头回应：我可是要长命百岁，活到能看到我的孙女们成家立业一天，我这辈子图的就是它。我十分腼腆地说这是当然的，将来等我长大了，我要挣好多好多的钱，给外婆买吃不完的桃子；我要带她去北京——看长城，看故宫。因为桃子是外婆最喜爱吃的东西——但外婆却每次都把晚辈们孝敬给她的桃儿用来解我的馋儿；北京故宫是外婆最想去的地方。像绝大多数老一辈的农村女人一样，外婆除了福安以外，几乎没走出过家门。电视剧里的皇城皇宫镜头总令她老眼放光，无限神往。所以，带外婆上北京故宫看一回就成了我儿时的梦想。眼下，我仿佛又亲睹外婆听着我的承诺，幸福得连上天的星星都要嫉妒她三分的样子。但死亡却过早地无情地让一切的承诺都化为泡影——那将是我一辈子无法抹去的情债与悲痛……

外婆，我俩祖孙之间的心灵丝线怎么才能穿透人间和黄泉的阻隔呢？

如今，我仍时时牵挂那片饱含爱的"澎湖湾"的主人——外婆的音容笑貌，相随相伴，时隐时现。上次回家，小表妹跟我说，每当她一个人在房间里的时候，就仿佛觉得外婆就在她身边；她说，最近，她又常梦见外婆。我俩的手顿时紧握在一起——为了一个我们共同的至爱，而又深爱着我们的外婆。

我爱外婆，念外婆，敬外婆。但自打到厦门读高中以来，我却一直没有梦见过外婆——这是怎么一回事呢？外婆呀，难道你知道我在离家千里的求学路上，太累太苦而不忍心惊扰我那可怜的睡眠时间吗？我每一次的考试成绩都排名前茅，你看到了吗？你看到后在抿嘴微笑吗？

我的仰问因深杳而无应，天蓝蓝，海蓝蓝。我的泪也被映衬得蓝汪汪亮晶晶。我怎样才能把对外婆缕缕绵绵的情丝，梳理得清清楚楚明明白白？我祈求能在梦里掬一捧"外婆的澎湖湾"的清波，高高扬起，任其丝丝缕缕飘扬到九重云霄，那里是天堂，湛蓝、静谧又安详。天堂里排列着仁爱巷，和平村，善良街，宽容路。能俯瞰人间正在建造和谐社会的外婆，你德不孤，必居有邻。此时的我脑海里叠映出两个词：向善善人、春风风人……

外婆，我的未来会让你放心！

不要把爱喊出来

庞凯玥

也许这样有些大胆，会有些人说，啊，你这样不对……其实，没有什么不对的。正如有些事，说它对是因为它本身没错；说它不对，只是因为它发生的时间和地点不对，天不时，地不利，人……

不知道你是否有过这样的苦恼，当你刚挂上电话的瞬间，老妈的声音在耳边飘过："跟谁打这么长时间啊？男的女的？"

唉，这也苦了这天下父母心。

可有的事也真让人有抓狂的感觉……

"成天待在屋里关着房门，也不知道你每天都忙啥？你看看你上次考的那成绩……"我使劲捂住耳朵，可怜巴巴地望着还在口水乱飞的老妈，"啊，我学习，我学习，你别说啦！""你也别不耐烦，"妈妈不知啥时把一个洗好的苹果放在我桌上，"还不是为了你以后好。"妈妈顿了顿，"给你好好看看这本书。"说着，把一本书放在我书桌上。听了刚才妈妈的话，突然觉得自己很不对，我带着愧疚的目光朝那本书上望去……妈呀，你真的以为我心理有问题啊？那本书上清清楚楚地几个大字——《中学生心理健康》！

"老妈，"我可怜巴巴地望着她，"您老想干吗啊？"可老妈根本忽略掉梨花带雨、楚楚可怜的我，只是潇洒地一转身，回客厅看她钟爱的悲情剧了，当然走时还留下一句话："你没事时认真看看这本书。"我呢，当然也在她转身的一刹那把书扔到哪个旮旯睡觉去了！当然免不了被收拾房间的老妈发现，然后狠狠地批评我一顿，不过这是后话。

父母的心思太敏感，我们又何曾没有自己的小小心思？

谁敢说，自己没有过一段少年的青涩记忆？

谁敢说，自己没有过那心跳的瞬间？

记得有个从小带着我玩的大姐姐问我："笑，有没有喜欢的人啊？""呃……"我怔了一下，有些害羞地低下头。她点着我的脑袋，笑着说："长大了哦！不用不好意思的，像你们这样的年纪很正常的。"

是啊，很正常的，我们处于成年人与未成年人那架天平上，总会有不小心掌握不了平衡的时候。

但是有一层很微妙的膜，千万不要去碰触，那就是感情……

不要受不了那一纸诱惑，傻乎乎地陷进去。

想一想，老妈的"警惕"和"唠叨"，不就是担心我们不小心陷进去，无法自拔吗？

有些人喜欢用"最熟悉的陌生人"来形容两个人，当然谁也不想成为两个人中的她或他。可经历无措、迷惘、徘徊之后，谁也不敢保证自己会不会成为其中的一个。

只能伸出中指在自己眼前一晃，呵，小朋友，那个世界，你玩不起！

或许你会后悔，但短短的三年高中远比今后几十年后悔好得多，是吗?

　　或许你会很不屑，你懂什么啊有什么资格来说教? 可现实例子很多，你可以向前看向后看，别只看眼前。

　　或许你会觉得，哇，好难! 不过你可以试试看。

　　如果有一天，收到感人至深的文字，刷新! 把大脑中的信息选择性阅读，或者摘抄几句放在以后的抒情语段中，也许，还可以赚个"情感表达丰富"的评语吧! 当然，这只是个玩笑……

　　或许有一天，自己回想起来，这真是一段单纯而又美好的记忆，所以，不要喊出来，破坏自己那份酸酸甜甜的感觉。

　　现在，请听从老妈的唠叨，安静地坐在书桌前，沉下心来。

生命中永不凋谢的绿叶

韦蔼尧

乌云漫不经心地遮住了太阳，冰凉的树下坐着一个失去阳光的我。静坐着，沮丧地抬头看着那渐沉下来的天，灰蒙蒙的，感觉好可怕。

偶尔吹来一阵风，吹散了头发，吹散了心。

难道我只是一个被忽略的人吗？是不是没有我，一切会更好呢？我只是父母的累赘，一个沉重的包袱罢了！其实我并不重要，他们甚至不肯停下一两分钟来听我讲一两句话，他们忘记我的存在，忘记了我的感受。

风又刮了，那么的冷。却比不上父母不在乎的眼神，那么的伤人；比不上父母对我的大声训斥，令我心寒。

身边忽然掉下一只小鸟，弱小的身躯怎受得了如此跌伤？我实在不忍看着如此可爱的生命在我眼前失去，便小心翼翼地伸出双手，正想把它托住，却听到一声坚定中带着一点不忍和伤心的鸟鸣。

抬头望去，两只鸟在窝边的枝上，齐齐望着地下颤抖着的小鸟，那小小的眼里，却溢满了无尽的怜爱与疼惜，或许它们是小鸟的双亲吧！可为何让小鸟受这样的苦呢？难道每一个父母都要让孩子受如此折磨吗？

小鸟挣扎着爬了起来，努力地张开翅膀，用尽全力地扇，颤巍巍地飞起来了。无奈，天公不作美，风使小鸟掉下来了，但它仍努力着。

同一草地上，同一树下，一只小鸟和一个人在各自想着自己的事。时间随风呼啸而过。

耳边忽而响起三声欢快的鸟鸣，小鸟会飞了，飞得如此灵巧。

心忽然开阔了，猛地明白了父母的用心：严厉要求是为了孩子能展翅飞翔。爸爸妈妈，对不起！之前的委屈早已顷刻而出，一下子的恍然和顿悟，让我沉重的心一下子轻快了许多。

回到家，发现爸妈正着急地四处找我，心中一热，感动，感激，愧疚，一下子涌上心头……

小鸟弱小的身体，鸟爸爸、鸟妈妈着急伤心的眼光，一切，记忆犹新。挣扎的小鸟展翅飞翔成了我生命中永不凋落的常青绿叶。

母亲的身影

向紫凝

月光悄悄洒在了窗台上，又是一个失眠的夜晚。

筱竹回味着妈妈刚才的那几句话，实在难以入眠：你不是我的女儿！一个女孩子，到外面瞎鬼混个啥？想到这儿，她起身走到阳台上，月光抚摸着她恬静的脸。谁也不会发现——一滴晶莹的泪珠不经意地滑过。

前几个小时，她还在放学的路上，好友悠吟拉着她来到网吧，虽然知道家里没几个钱，但是还是经不起网络的诱惑。起先没发生什么事，但筱竹觉得四周有些怪异。啊，她的预感真是百试不爽！几个痞子上前来说是要收保护费。一听这句，她立马跳起来，左手勾拳，右脚攻击。吧主见此情形，唯恐网吧太乱，把警察叫来了，很明显，像筱竹这样十四五岁的未成年人来网吧是不符合规定的，于是她被带进了阴森的派出所，并通知了监护人，而好友悠吟早已逃之夭夭了。

母亲来的时候，双眼通红，脸颊有丝丝银色的痕迹。

回家的路上，母亲没有说什么。她也不敢说什么，紧紧地跟在母亲背后，这个情景让她忆起了小时候："妈妈，我要自己一个人回家！"一个小女孩在黄昏的路上挣脱一位母亲的怀抱。

"好啊，宝宝，不过要记得路哦！"她就这样，看着这陌生而熟悉的背影离去，最后成为一点……

但是，此时，母亲的背已经弯了，像一把弓，无助的拉直拉直；影子成为一根竹竿，很短却很瘦。

回到家，她被母亲骂了。她没有一丝争辩，也许是太累了吧！母亲却不放过她，嘶哑着喊：你就不能在乎一点吗？是的，她已经不在乎世界上的每一个人，包括她的母亲。不，应该是养母，她清楚自己只是一个没人要的野孩子！

她回过神来，已经十一点了，母亲应该睡了吧？她也累坏了，慢慢躺在床边，迷迷糊糊的。朦胧中，她嗅到了一个熟悉的味道，这个味道让她清醒过来，又是一个熟悉的身影——母亲！

"妈……"

"孩子，别说了，你发烧了，来，妈妈背你去医院。"

筱竹点点头，应许了，泪流满面。在月光的照耀下，有一条银白色的光铺成了路。

"孩子，你永远是我的宝贝！"筱竹睡着了，但她觉得，周围有着甜蜜的气氛，像巧克力，丝丝柔滑。泪水再一次溢出来，连她也不知道，为什么会流眼泪。月光仍好好的，母亲依然背着不是她女儿的女孩走向医院，黑夜用力地吞噬着她们的影子，可是，白月光却在黑漆漆的小路中留下了它的痕迹，为她们照耀了前方的路。终于，她们的身影越来越小，化作了一个点。

我一定要找到你

张 燕

时间跳着它简单而轻快的舞步在我的面前旋转而过，它带走了我的天真与幼稚，却带不走我心中那个明眸皓齿的你。所以，欢欢姐，我一定要找到你。

任何人都有一个不能说的秘密，而你，就是我心中的那个秘密。有很长一段时间，我想忘记，但现在，我却更想珍惜。所以，姐，我一定要找到你。

2003年，我们相遇。在一个阳光的午后，8岁的我与11岁的你成了邻居。姐，你真是大人们眼中的好孩子——穿中规中矩的校服，扎一个干净利落的马尾，有着优异的成绩和一双令人羡慕的巧手。姐，那时我是真的很崇拜你，觉得你是一个完美而又漂亮的女生。你就像一个奇迹一样，突然地闯进了我的生命里，在我的心底留下了深深的印记，使我再也无法忘记。

2004年，我们相知。深入的接触已使我深深地喜欢上了你这个比我大3岁的姐姐，而你，则真的像我的亲姐姐一样处处宠着我。还记得吗？那年的冬天，我在你家写数学作业，你便拍着我的头说：

"小尔啊，往后你妈妈洗衣服时别让她再用手洗了，拿到我们家我用洗衣机帮她洗就行。""姐，你真好！"我抬头对你咧开嘴天真地笑，而你则用温柔的目光看着我，微微一笑道："那是因为你的缘故，要是别人的妈妈我才不管呢！"姐，你知道当时我有多感动吗？我的内心在那一刻便滋生出了一片大大的甜蜜骄傲，毕竟我在你心里的地位与其他小女生不同。我当时心想，你要是我的亲姐姐就好了。是啊，你要是我的亲姐姐就好了！那么，我们都不用那么难受了。

2005年，我们分开，时间过得真的很快，转瞬之间，两年已过，还是一个阳光的午后，但不同的是，我们却要分开了。你离开的那天，我固执地没有去送你，因为我天真地认为我不出去你就会来找我，像往常一样我们依然快乐地在一起，但是我错了，错得离谱而又可笑，你没有来，也再也不回来了。当我妈妈送你离开之后回来对我说了这么一句话，我强忍住的眼泪就不听话地流出来了，止也止不住。她说："你也不出去送送你欢欢姐姐，她等了你很长时间，最后都哭了，你这个孩子就是犟！"一句话，说到了我的痛处，我的心疼得不可开交，那时的我还不太懂得如何用言语来表达自己的心情，眼泪则是舍不得的最好证明。如果还有机会，我想告诉你：姐，我后悔了，后悔那天没有去送你。4年已过，你是否仍记得我这个任性而不懂事的妹妹呢？你一定会的，对吧？

那天我来上学时，偶然遇到一位高三的学姐，与她闲聊时，意外得知你们曾在一个小学上学，于是我便问她是否认识你，令我兴奋的是，答案是肯定的。我的心开始激动起来，或许我们仍有机会再见面不是吗？我拜托那位学姐留意关于你的一切消息，她欣然答应。就在前几天，当我们再次在车上相遇时她告诉我，你已不再上学，而是与她妹妹一起打工。我的心有些微的痛，姐，你学习那么好，怎么可以不上学了呢？我向那位学姐要你的联系方式，她说目前还没有，不过她答应知道了一定会告诉我，我的心有些失落，但却仍充满希望。是的，姐，我会一直满怀希望地等下去，直到找到你为止。

时间走得那么不露痕迹，但我还是要找到你，我最亲爱的姐姐。

姐，我一定要找到你！

妈妈，我永远爱你

窦 现

我不相信！我不相信！我不相信生命是如此的脆弱，我不相信人生是昙花一现，我不相信上帝对待每一个人是公平的！

但，我不得不信，铁一般的事实摆在我的面前，压得我心神不宁，压得我涕泪横流。我永远不会忘记，永远都不会忘记2008年3月23日晚11点18分，像用凿子刻在了我的心中，自那一刻起，我的妈妈告别了这个世界，带着遗憾离开了人世。

我望着您的遗像，您依然笑得那样灿烂，但又那样遥远，即使近在咫尺。您在我的心中永远那样美。泪水淹没了痛苦的回忆……

我的妈妈是一名教师，普通但不平凡的教师。二十几年的教学生涯中，您桃李满天下，有的成为我的老师，有的成了著名主持人。但您从不知疲倦，每当我劝您休息时，您总说："要想把学生教好，自己必须先学好，妈妈多一分耕耘，学生才能多一分收获啊！"以前我不懂，但现在我长大了，我明白了。

可是，3年前，噩运降临到您的身上。中考前一个月，您突然要去郑州看病，我早已有了不祥的预感。那一夜，我哭了很久。后来，您被确诊为癌症。从此，小小的我心上蒙上了一层阴影，幸福离我而远去。

3年里，您受了多少痛，谁都无法体会。20多次化疗，您都一次次坚强地挺了过去。曾经飘逸的长发，早已脱落；激素类药物的使用，使您变得虚胖、浮肿；四肢的血管被化疗药物所腐蚀，只有在身上埋下一条条深深的人造血管——这一幕幕永远都不能在我的记忆里抹去。每次看到您拖着疲倦的身子回家，我的心都在隐隐作痛。您受的痛苦太多太多，而我却不能为您做任何事。我宁愿将可恶的癌细胞转移到我的身上，来为您分担痛苦。

最后的两个星期，您的病情恶化了。您躺下了，只能靠轮椅来代步。但您每天化疗完，即使再晚，您还是拖着虚弱的身躯赶回家里，和我说话谈心，让我不用担心您的病情。妈妈，我懂了，懂得了可怜妈妈的心。您行走的每一步，都是用刺心的疼痛累积而成的。儿真心明白，您或许知道自己已经撑不了多久。但您爱我的心是永远都不会变的。您看遍全国名医，为的是想再多活一年，亲眼看到您的宝贝儿子考上大学，但无情的病魔还是过早地夺走了您的生命。

2008年3月23日晚，我永远都不会忘记。深夜，爸爸突然打来的电话惊醒了我们。我奔向医院，但妈妈，您为什么不等等我呢？等我赶到医院，您已经走了。我拼命地喊着您，喊破了喉咙。但我没有掉眼泪，您曾告诉我要坚强，我不愿让您担心。但妈妈，我长大了，长大了，坚强了。我还记得您离开时是那样安详：嘴唇没有血色，但微微上翘，头发刚刚长出一点，像刚出生的婴儿；眼睛还是那样大，那样美……这一幕幕串联的唯美画面永远印在了我的心中。我用手轻抚您的眼睛，让您永远闭上，像睡美人一样安详。您走时一句话都没有交代，只流出一滴晶莹的泪珠。好妈妈，我知道了，我一定好好过好自己的一生，永远爱您。我握紧您的手，暖暖的，我轻轻地亲了您的脸颊，作最后的告别。妈妈，您知道吗？追悼会那天好壮观，认识与不认识的人纷纷来到殡仪馆，为您献上鲜花和花圈。您躺在一个花的海洋里，很美很美。殡仪馆的大礼堂里挤满了人，都来为您送别。"妈妈，您在天堂一定照顾好自己，不用担心我和爸爸，我们永远爱您……"当我念完悼词，全场的人都流下了眼泪，场面真的好壮观！

　　妈妈，我再也不能投入您的怀抱中撒娇，再也不能和您说话谈心，再也不能吃到您做的可口饭菜，再也不能看到您在教室里教课，再也不能在除夕夜吃团圆饭，再也不能……我不想长大，只想回到过去。

　　那天，我捧着您的骨灰盒，在晶莹的泪光中，放在墓穴中。您知道吗？那时天上有六只老鹰在上空盘旋。您知道吗？您离开的日子是观世音的诞生日。您知道吗？次日，我们中国奥运会的圣火在希腊点燃。我掉着泪，靠在冰冷的墓碑前，为您祈祷，愿您幸福。

　　妈妈，我亲爱的妈妈，我永远爱您……

最好的奖赏

孙鑫鑫

　　"爸爸，妈妈，我英语得了100分啦！"伴随着如小鸟般愉悦清脆的欢呼，我一溜烟儿地跑进了家门。"爸爸！"顾不得放下沉重的书包，我大步跨进爸爸的书房。"爸，你看！"我小心翼翼地捧着试卷，脸上是掩不住的欣喜与自豪。爸爸佝偻着身子坐在椅子上，头都没有抬一下地说："回来啦？去写作业吧。""爸，你看嘛！"我又往前走了一步，把试卷推给他。"快去写作业！"爸爸不耐烦地说，"孩子他妈，快把孩子带出去！"屋子里一瞬间寂静无声。看着爸爸涨红的脸，一股前所未有的委屈，把刚才的开心一扫而光。

　　"工作工作，什么都是工作！"我怒冲冲地拿回卷子，甩开妈妈。"一回家，就进书房。我成绩好不好，你问过吗？我开心难过，你管过吗？我得了100分，而你许诺给我的满分奖赏呢？你恐怕都不记得了！你根本就没关心过我！"我声嘶力竭地哭喊着，仿佛这样才能缓解心中窒息般的痛。我扭头回到自己的房间，任泪水肆意地纵横了一脸。

不知这样哭了多久，直到有脚步声响起。我回头，看到妈妈的眼眶红红的。"妈，你……你哭了？"我惊讶地问。"孩子啊，我没事。你爸他……不是不关心你啊……"妈妈的声音带着一丝暗哑，她示意我坐下，"咱家的情况你又不是不知道，就靠爸爸出去给人修电器挣点钱。他必须没日没夜地干活，一双手不知道被螺丝刀扎破了多少次……"话说到此，妈妈哽咽了。我的心中好像被扎进了一根芒刺，刺骨的痛意占据我整个身体。"他发火，是因为给你买新书包时丢了一箱工具，他是恨自己没用呀……"剩下的话在耳边变得迷蒙，我的心满满当当的，已容不下任何东西……

　　我失神地走入书房，凝视着灯光掩映下的爸爸：浓黑的鬓角染上岁月的霜，坚毅的脸庞也刻下了时间的沧桑。

　　"爸……"千言万语被一股淡淡的苦涩哽在了我的胸口。爸爸慢慢地站起。一双布满血丝的眼睛揉进了太多难以言表的情绪。

　　"爸，对不起！"我轻轻地说。

　　那一刻，我看到有什么东西像是无可抑制般地从爸爸的眼眶滑落而出，带着咸涩、甜蜜一同滚落我的心底。爸爸，我再不要什么满分奖赏了，因为我已经得到了我人生中最好的奖赏：一位父亲晶莹的热泪，一位父亲的海般深沉、山般伟岸的爱。

一次刻骨铭心的经历

向津菁

　　我曾有过一次刻骨铭心的经历。那一天是黑暗的，那一次是可怕的，那一秒是紧张的，让我永远也忘不了……

　　妈妈又要做手术了。妈妈曾经做过一次手术，把阑尾切除了。这一次，又要切除一个器官。想到这里，我仿佛看到了妈妈以前做手术的样子。那一把把的手术刀，切来切去，深深刺痛着我的心窝……

　　一大清早，我和爸爸吃完早餐后，就火速奔往医院。一进病房，就看到了妈妈憔悴的面容。顿时，我的心头油然而生丝丝疼痛。就是因为我的不懂事，总是惹妈妈生气，才使得妈妈的病越来越严重，都到了做手术的地步了。等妈妈恢复了精神，我一定少惹妈妈生气，让她每天生活在快乐中，体验到家庭的温暖！

　　上午10点30分，妈妈跟随着护士来到了手术室门口。换上拖鞋，戴上帽子，走了进去。虽然妈妈跟我们说不紧张，但是我看得出，妈妈是紧张的。因为她走路的样子，进手术室的样子，找医生或护士的样子，都是绷紧着每一条神经，没有丝毫的放松。

妈妈进了手术室，我和爸爸只好找到位置坐下来，静静等着妈妈的出现。没坐一会儿，焦虑不安地心情就涌上了心头，妈妈现在怎么样了，还好吗？妈妈，您一定要健康地出来，因为有我，有爸爸，还有所有爱您的人，都在为您加油，鼓劲，您不能辜负我们的期望啊！

　　妈妈告诉我，她这次手术，可能要做两个多小时。我说，这么长时间啊！妈妈只是对着我笑了笑，然后就没说话了。

　　时间就在我们焦虑不安的心情中慢慢流逝，终于在1点钟的时候，妈妈躺在"车"上被护士推了出来，看着她那苍白的面容，我真的觉得为什么时间过得那么慢，为什么这个手术要做那么长时间，为什么不让妈妈早点出来呼吸点新鲜的空气呢！？

　　当天晚上，我和爸爸陪在妈妈的身边，守护着她。我在心里默默为妈妈祈祷，我的好妈妈，你要早日康复，我们会好好爱你的……

第三部分

给自己点一盏灯

我终于明白，无论身在何处，都一直生活在阳光下。只要我不曾失去理想，哪怕有一天，乌云盖住了太阳，甚至阴风习习，也不会被冻伤，因为阳光的温暖并不只有太阳能赋予，理想的力量能给我带来更强大的力量。

——姜小凡《阳光不曾离开》

忽视也是一种爱

（外一篇）

慈 琪

　　我的一个朋友对我说："当我很伤心很狼狈的时候，请忽视我，让我独自待着。这是对我最大的安慰。"

　　我想，她是个极聪明的人，懂得如何使自己的伤愈合最快。

　　一般情形下，我们看到自己的好友在伤心时，会认为他或她很脆弱，很需要一个充满爱的拥抱和许许多多安慰的话语，但有时候，这样的同情，只会在别人的伤口上狠狠洒下一把新盐。也许，直到好友疏离了你很久，你还不知这是为什么。

　　当一个人失意的时候，他不喜欢看到太阳。夜幕是最令人安心的屏障，因为在那里没有人看到他自己舔舐伤口的模样。忧伤不是一种适合公之于众的情感，真正的忧伤不会哗众取宠地招摇于大庭广众之下，它只会安静地与孤独为伴。

　　有时候，忽视也是一种爱。时间是治疗伤口的最好方法，是使人在孤独中习惯、愈合和遗忘。侠义小说中，那些受了内伤的人，往往会找一个僻静无人的处所，潜心修养，等到出关之时，功力更盛，心中的坚强也更加牢固。热闹与过多的泪水，会让一个人更加感到不知所措，心乱而无法理清自己的思绪，更别谈疗伤了。

曾经听说过一个爱的错误的小故事：一群猴子生活在一起，有一天，两只猴子在不同的地方受了伤，一只猴子默默找了个山洞，养了几日便好了；另一只猴子哀叫着回到群体中，哭诉自己的不幸。众猴连忙围上来问候，对它的伤势表示关心。每只猴子都伸出爪子拨弄那个伤口，时不时观察一下它的伤势，渐渐把伤口弄得越来越大。没几天，这只猴子因为伤口感染而死去了，众猴唏嘘不已。

也许有人以为自己不可能犯这样可笑的错误，但事实上，很多错误在发生期间与发生后，错误的主角往往不会注意到。

去年，在参加一次活动时，我遇到一个小女孩。那天，她被某个男孩子打了一拳，这本不是件大不了的事情，但当她告诉我们这件事时，所有人都围上来，有的斥责那个男孩，有的询问她是否感觉哪里不舒服，问着问着，她由一开始的小声低泣变成了面容扭曲、泪流满面，到最后连路好像都走不了了，大家全都紧张起来，张罗着叫两个人扶着她去了医务室，折腾了大半夜——什么也没有查出。而原本，她是自己捂着肚子走过来告诉我们这件事的。也许是感觉委屈，或者是心理作用，不管怎么说，在我们过分的关心下，她显得更加虚弱是不争的事实。

我们犯了一群猴子的错误。

有时候，忽视也是一种爱。独自承担痛苦并不是一件毫无意义的事情，痛苦是人生的必修课，能够教会一个人很多东西，比如勇气，比如坚强，比如学会体谅别人的心。学会了这些，也将学会如何在不伤害的情况下，去爱别人。

太多的同情与关怀，只能将一株幼苗呵护成柔弱的小花小草，永远不知道在更高的天空中除了凛冽的风之外，还有敞开胸怀迎着风雨霜雪，与命运搏击一场的幸福。

忽视别人的痛苦，并不是冷漠，那是一种更迂回更深刻的爱。因此，如果有一天，你的好友黯然神伤，却又躲避着你，不愿剖开自己的伤口时，请悄悄别开目光，忽视那对颤抖的羽翼吧。

幸福不容易

再次和妈妈吵架，我一赌气跑出了家门。

外面的阳光灿烂得刺眼，坐在冷清的公交车上，我决定去看看我的朋友，顺便纾解心中的郁闷。

我的这位小朋友很特殊，是住在动物园里的。此时，它正恹恹欲睡地伏在一片小得可怜的树影中。鹿园是没有避暑设施这样的高级待遇的，何况它只是一只被拴在栅栏外，任人戏玩的小鹿呢。

我蹲下身，顺手帮它赶走几只恼人的苍蝇。那嗡嗡声让我想起了半个小时前充盈耳中的絮絮叨叨，烦不胜烦。

有一段时间，我觉得自己已经能够完全掌握自己的一言一行了，可妈妈却认定我还是个需要保护的孩子，老是把她的一套旧理论凌驾于我的思想之上。此时此刻，我还真有点羡慕小鹿的自在呢。——没有永不休止的唠叨，悠闲地在这里度过每日的时光，度过草长莺飞的季节……它的妈妈此时正在栅栏里与别的鹿们饥饿地抢吃游人投掷的胡萝卜块，无暇来对它进行摧残性的唠叨，真是幸福啊！哪里像我——

忽然，后面砸来了一块胡萝卜，正好打在小鹿的身上，夹杂着一阵惹人厌的嘲笑。我生气地回头，看到几个孩子纷纷跑开了。

忽然见那群大鹿中挤出一头消瘦的母鹿，发怒地冲到这边的栅栏旁，使劲将头从缝隙中钻了出来。小鹿"呦呦"地哀叫着起身，接受妈妈心疼地舔舐。

然而由于栅栏与绳索的限制，无论母子怎么努力，母鹿都只能舔到孩子的头顶。母鹿大大的眼睛扑闪了几下，似有晶莹的光芒闪过。

"干什么？！快进去！"突然，管理员粗鲁操起一根细铁杆，硬生生地强迫母鹿进了鹿棚，以免妨碍一家游人与小鹿合影。

我怔住了，眼前闪过两双受伤的眼神。我怎么会这么幼稚地认为小鹿很自由呵！它需要妈妈的关爱，可却身不由己地与妈妈分开；没有妈妈的保护，它被人肆意欺凌，却无法舔舐自己背上的伤痕！

小鹿跪卧在那相亲相爱的一家之中，闪光灯亮起的一瞬间，我看见它眼角细微的泪……

我带着满腹的悔意与回忆中的甜蜜回到家里，妈妈正在坐立不安地等待我，两人的怒火都早已熄灭殆尽了，留下的只是歉意的温柔目光。

我庆幸自己最终没有忽视这触手可及的幸福。

阳光，不曾离开

姜小凡

今天，是我走出大山的日子。阿妈为我准备了一些干粮，让我带上，然后，从自己的小衣柜里翻出一个包裹，揭开一层又一层的青黑色的布，拿出所有的钱放在我的手心里。

"宝儿，出了大山，要好好照顾自己，别让自己饿着了，冻着了，知道吗？我最聪明的宝儿，终于可以在大山外面的学校读书了。"阿妈叮嘱着，我只是呆呆地站在阿妈面前，不作任何言语，接过行李，听着阿妈的话。

在我考上一中的那一刻起，我就发誓了：我，李宝儿，绝不会辜负自己，也不会辜负阿妈，阿爸。我一定要有出息，报答阿妈，报答大山的恩情。

搭上唯一能出山的中巴车，与阿妈摇手告别后，便不再回头。不是不留恋，是不敢，我怕看到阿妈孱弱的身影后会控制不住我的眼泪。我要坚强，但我知道阿妈远去的身影会打破我的坚强。

一定要坚强，今天一过，我便没有了阿妈的轻声呵护，也不能靠在阿爸那坚实的肩膀。我，只有靠自己。

来到一中已经有1个多月了。这里的设施的确是比山里的学校好很多。可是，在这里，我没有以前的优越感。这里的老师讲课很快，我跟不上进度，教学方式和以前接触到的截然不同。学生们都很聪明，勤奋，压力很大啊。老师组织的考试，我的成绩几乎是排在39名。全班共有50名学生。每天都会熬夜，可我不知道为什么成绩仍然不尽如人意，我害怕，当初的承诺能实现吗？

食堂的伙食很好，可我却从来不敢点好吃的菜。因为对于我来说，那太贵了。尽管阿妈每个星期都会捎物什来，但我并不想奢侈一回，哪怕只是一回。我明白那是阿妈每天早上4点起床赶了7公里路在集市上卖出的一半的收入。我每次只点青菜黄瓜。今天，我们班的大胖子当着全班同学的面嘲笑我，说我是"乡巴佬"，我没有理会他，也没有心力去反驳。我很难过，跑出了教室，在那个很少人去的后山，放声大哭。只有在这里，我才能放开我自己。

哭过之后，抹干眼泪，大步地向教室走去。我想通了，哭，是没有用的，只有漂亮的成绩单才能掩住我贫穷的尴尬。我还有我的理想，它会一直给我动力。头顶，就算只有露出半脸的太阳，也能带给我温暖，一缕阳光，也足够温暖我冰冷的身躯，受伤的心。

成绩单下来了。名次，是第10名。我开心极了，我可以带着笑容回到大山里。我要阿妈知道，她最宝贝的宝儿是最棒的；我要大山知道，它的水培养出了一名优秀的大山的孩子，它能以我为傲；我要世界知道，并不是只有城里的孩子才能自信，才能获得成功，大山里的孩子同样能够做到。

抬头望向天空，我发现头顶的太阳已完全摆脱了乌云，正对着我笑。

　　我终于明白，无论身在何处，都一直生活在阳光下。只要我不曾失去理想。哪怕有一天，乌云盖住了太阳，甚至阴风习习，也不会被冻伤，因为阳光的温暖并不只有太阳能赋予，理想的力量能给我带来更强大的力量。

青春不奢华，我们要"奋斗"

李 露

"老师，请留步，我们舍不得您，非常非常舍不得您，但是我们必须告诉您，我们必须离开您，我们必须去工作，去谈恋爱，去奋斗，这件事万分火急，我们一天也不能等，请接受我们离开前最后的问候。"就这样，以师生告别场面为序幕，以青春壮志为开端，上演了一幕激情《奋斗》。在刚刚过去的2007年里，这部牵动一代人的青春励志剧掀起番番高潮，于生活，于情感，于企业。

当下，对"80后"评论的热度似乎未曾退去，而本剧正是以真实的生活，个性的语言，鲜明的形象展开，讲述了几个年轻人在大学毕业后的几年时间里，通过事业了解到人及社会的互动关系；通过爱情体味着梦想与现实、责任与友谊。他们搏击着生活与爱情的波澜，时而迷茫，时而痛苦，但一直在努力地奋斗着：关于美好生活的奋斗，关于人生理想的追求，关于现代情感的发掘。它是一部叩问现实的青春励志剧，反映了一些社会现象，揭示了一些社会问题，更是一面能叫80后的我们看清楚自己的镜子，去琢磨，去反思，去奋斗。

爱情，友情，亲情和奋斗有什么关系？是起点，是终点，是目的，是满足，还是动力与责任？

为了爱情，我们想奋斗！一段美好的青葱岁月，一派激情的热血沸腾，注定了我们逃不过一抹甜蜜的爱情记忆。米莱的直率坚强，陆涛的追求完美，夏琳的漂亮独立，无一不映射着我们80后的个性。撞击着心灵，产生着共鸣，会莫名地为剧中的情节感动、落泪，然后流于凝想，落于荒尘。"一见钟情"的背叛却永远地打碎了一位善良女孩的爱情乌托邦。当米莱深情地为陆涛唱着《左边》的时候，泪水在双眸里闪烁，那幸福的微笑却依旧坚强地舞动在嘴角。一句"只要允许我对你好，我就高兴"叫我们试问：是怎样的一个人，让我们淡忘了又无声地想起？是怎样的一种错觉叫我们拥有了爱又失去了爱？在这个豁达的女孩身上我们似乎读懂了：受了伤要更坚强，流过泪要更加珍惜！在错的时间遇见对的人，真的就是这样的一种无奈吗？！陆涛为了自己的爱自私地奋斗着，米莱为了自己的爱，无私地奋斗着，他们伤着，痛着，执着着……

为了友情，我们需奋斗！"爱情不过是欲望指使下的语言和行动的集合，而友情是必需品"这句话说得太对了！爱情与之相比，实在太脆弱了。有些时候我们自身所处的层面决定了我们友情的层面，我们交友圈子的广度与深度是要我们用不断的自身奋斗来扩大的。

为了亲情，我们要奋斗！也许"爱情，理想与奋斗"的关系才是本剧要传达的终极讯息。但是，透过一个表层，我们可以走进一个更深的层次去剖析。亲情，是每个人从降生的那一刻起，所接触的第一份感情。在历经了爱情和友情的风雨变幻之后，我们这些沐浴过欢笑、泪水、孤独与彷徨的孩子是不是才真切地感受到，原来一直陪在我们身边的亲情才是最为坚固的那？它，没有私欲和背叛，有的是关怀和抚慰！原来，潮水般的爱情和友情最终都会被生活的引力抚平……

　　80后的我们，风华正茂的我们，一路上跌跌撞撞，哭哭笑笑，一切都是青春最真实的写照，都是我们最值得珍惜的过往，最实在的感觉，最恬静的笑容！

　　一种声音可以听得见：青春不奢华，我们要奋斗！

我心中的那一片绿地

韩 雨

所有的梦，最终都能实现吗？

所有的话，最终都能告诉你们吗？

那些未讲完的故事，那些未倾诉的心情，那些如白驹过隙般逝去的一切一切，你们，还愿意寻找吗？

我把它们埋藏进了2009年夏天的那片绿地里。你们，还记得回去的路吗？

那片绿地可不好找呢，要用自己的整个灵魂去探索，要沿着时间长河逆流而上去寻找，要到自己的内心深处去追寻，才能进入那片绿地呢。毕竟，那是我们心中的绿地，不是吗？深埋在，那个曾经的初三一班全体同学心中的那片绿地。

你们都回来了吧！我知道你们，其实从未远离。

宴会，开始吧！

不要再去想那些令人头疼的公式了，也不要再去为即将到来的测验考试苦恼了。现在，不再是高强度功课的高中，而是那个轻松学习的初中，那个我们记忆中的美好初中啊！你们不记得了么？这儿的每一片白云、每一棵绿草，都承载着我们曾经的梦啊！

呐，我们来数云吧！

记得吗？初中时，总有大把的时间可供挥霍，总有无尽的想象需要释放。但是在玩累的时候，也会一起躺在绿地上，看着云卷云舒。我喜欢那样的时候，因为只有那样，我才会固执地认为你们仍在我身边。明明你们已因各自的理想而跋涉千里，但当我转过头来，仍能看见你们在那片绿地上对我微笑，一如当年初遇时。

呐，我们来猜谜吧！

这生命就是一场无尽的谜题，环环相扣，牵一发而动全身。你们说，猜吧！猜对了以后，我们便又能相见。当我终于满怀欣喜地解开谜题时，脑中空留你们的欢笑，反反复复，不停回响，在我回来时陪我重温那片记忆。

呐，终究是要分别吧！

你们为各自的理想和坚持而跋涉千里，渐行渐远。也许再也不会相遇，也许相遇了也已对面不识。也许有一天，我自己也会忘记通往这条绿地的路。但不管如何，我们，总是相遇过吧。

2009年的夏天，那片绿地，有我们走过。

——不是所有的梦，都来得及实现。

——不是所有的话，都来得及告诉你们。

但起码，你们还记得我们一起背诵过的那首诗吧：

——"请为我珍重

尽管他们说

世间种种

最后终必

终必成空"。

迷城

苏素

我们都生活在一座小城中。

小城是一个巨大的迷宫，无数人在这迷宫中寻着那唯一的出口，却没有一个人寻到。每个人都在不停地走，向自己认定的目标走，到了目的地，便站在了下一个目标的起点。错了，会在迷宫中兜转回起点，接着向目标走去。途中，会遇到很多同自己一样在不住行走的人。相遇，却不同路，仅仅是轻轻一瞥，电光火石间，一切都恢复平常，如风般吹过无痕，继续各走各路，以后便如同两条相交的直线，越来越远。相遇，暂时同路，相视一笑，结伴而行，共同向着最近的目标走去。有同伴的日子固然美好但却易逝，终会在一个岔路口因目标不同而分道扬镳。

在这迷城中，我误入了一处有雾的路段，四周白茫茫一片，遮蔽了我的眼，看不清前方的路。那雾中透着浓浓的生石灰浸水的味道，一阵阵反胃，干呕，迷惘无措如潮水般袭来，我只能拼命地走，不停地走，希望走出这片雾。

一圈，又一圈。迷雾中，曾经早已消失沉寂的熟悉面庞又突然清晰地出现在眼前，惊起千里梦，回忆起如同蔷薇花般美好易逝的过去，惊艳如泣血哀鸣，回荡在身后的路段，邈远不真切，蓦然回首时，浓雾中早已无迹可寻。

走，不停地走，只是向着自己认定的那个目标走，在无数次回到同一个地方后，我终于明白，有些事，也许我错了。很多事我都错了，错得彻底，错得一败涂地，然后等到不可预知的那一天，以前犯的错都生根发芽，肆意汲取我心底那些不可泯灭的痕迹，在我心中大把大把地绽放，碎了我的心，留下一地没有源头的、破碎的、令我抱恨一生的记忆。

在这迷城中，每个人都在选择自己的道路，为了躲避浓雾，我走上了一条没有人迹的歧路。我以为紧闭双眼就看不到天空的阴霾，我以为堵住耳朵，就听不到尘世的喧嚣。杜拉斯说，写作就是一场暗无天日的自杀，当我奄奄一息时，困顿如藤蔓一般将我疲倦的心紧紧包围。我以为不再写那样迷惘无措的文字，就不会无措悲伤。但我所鄙夷的那个神却带着虚伪的面具慈祥地对我说："孩子，你错了，回到正常的轨迹上吧！"于是，又如同梦幻一般回到起点。

兜兜转转，一切都恢复到起点，只是我已经回不到从前。青葱岁月打马而过，我也有了资格回望过去，暗自感叹时光荏苒，物是人非。

在这迷城中，我前进的脚步永不停息。终有一天，我会发现，再也兜转不回起点。

给自己点一盏灯

梁紫莹

在黑暗的夜晚，当迷惘的你抬头仰望，渴望着从微弱的星光中找到前进的方向时，给自己点一盏梦想的灯吧，让它告诉你路在何方。

曾在公园里看到过一棵小树苗，在离它不远的地方有一棵枝繁叶茂的榕树，在这样一个巨人身旁那棵幼苗显得那样的可怜巴巴。几个月后的一个早晨，当我再次来到这个公园，那曾经令人怜悯的小树已长成一棵高大的树，晶莹的露珠在翠绿的叶子上打着滚，灿烂的阳光给它披上了胜利的金装。它已不再是只能羡慕身旁大树的小树苗，已不再是只能抬头仰望天空的小生命，已不再是可以让人忽略的小东西，它是能在寒风中傲然挺立的王者！

从一棵仿佛风一吹就倒的树苗，到现在能遮风挡雨的大树，这几个月里，它到底经历了多少狂风的蹂躏、受到了多少暴雨的摧残、面对了多少艰苦的磨砺啊！或许，能让它坚持到现在的，正是它的梦想。在被风雨折磨得筋疲力尽的时候，在看不到一点亮光的夜晚，在支持不住想要倒下的时刻，它想起了它的梦想。它想要长高，想要长大，它只知道它的梦想，从来不是一种奢望。

　　树如此，人亦如此。在生活中，我们洒过汗，受过苦，流过泪，路上的石头把我们绊得跌跌撞撞，路旁的荆棘把我们刺得遍体鳞伤。我们伤了，累了，想放弃了，这时，请再用一点小小的力气，给自己点一盏梦想的灯。看看那梦想的灯光，让它照亮你前进的方向，想想那美丽的梦想，让它给予你继续奋斗的力量！继续努力，不要放弃，再大的石头阻不断我们前进的路，再痛的荆棘也不能使我们屈服，相信自己也能成为一棵参天大树！因为梦想，再黑暗漫长的路也会变得鸟语花香，没有了太阳光幸运的眷顾，还有梦想的灯光来照耀迈向成功的征途。

　　是非成败转头空，唯有梦想，能让我们走到更高、更远的地方。

　　面对困难，请摇摇头，摆摆手，给自己点一盏梦想的灯，继续勇敢向前走。

梦想在飞翔

王泳诗

在我房间窗前有一棵树，树上有一片嫩绿的叶子。我静静地望着它，它也望着我。

叶总是微微地摇摆着，我非常好奇，问："叶子啊，叶子，为什么你老是摆动？"

"我渴望飞。"它应了我一句。

我想了又想，思了又思，"叶即是叶，永远不可能像鸟一样飞的？"

它只是纯纯地笑着，"看着吧"便不再说话。

叶子从春天一直摆到夏天，高高悬挂在树梢上，执着而热烈。

我感到非常诧异："为什么？一季的时间你已长大，从嫩绿的衣裳换成深绿的夏装，明白了吗？难道你还……唉……"

"可能吧，"它望天长叹，"这一季的时间使我懂得叶是永远无法像鸟一样在天空自由飞翔，可是——我依然无法阻止自己想去飞的欲望。有时，明知是不可能实现的，但还是无法控制自己，你不是吗？"

我不知道答案，唯有以不啈声来作答。

　　"既然知道是不可能的，那又怎么会无法停止呢？"我越想是越糊涂了。

　　"应该可能是吧……是因为在我心底还有着飞翔的欲望吧！"

　　它朝我笑笑，但笑容里含着一抹淡淡的悲哀……

　　秋是丰收的季节是飞翔的希望……

　　我抬起头望着金黄的摇摇欲坠，即将凋残的叶子，由衷地说："生命也即将凋零，难道你还追逐着那不可能实现的梦想吗？"

　　"正是的。"金黄的叶子抬起头，眼里焕发着不可抑制的光彩，"你知道吗？现在我非常快乐。"

　　"非常快乐？"我蒙了。

　　"对的，在这段时间里，我懂得了许多，也明白了许多。我在这树梢头，从春到秋，看着人们来来去去，忙忙碌碌，起早摸黑，却一直无法得到满足，你知道这是为什么吗？"

　　"是因为他们没有得到他们想要的？"

　　"不，不是这样的，是因为他们在追求结果的同时，而忽视了过程。结果的欢乐是由过程带来的。没有结果的过程固然可惜，但没有过程的结果却更为可悲，你明白吗？"

　　我摇了摇头："那，你究竟想和我说什么呀！"

　　它再次展开了笑颜！

　　我怀着紧张的心情，迈着沉重的步子，一步一步地来到窗前。忽然，有一个景象使我惊呆了——微黄的叶子，它在飞，在飞！

　　它离开了树的怀抱，在四溢的冬日暖阳中，在天空这个舞台上，飞旋着、飘舞着。虽然这只是如此简单的动作，却舞出了风姿，舞出了韵味，舞得比鸟更轻盈、更动人……突然，一阵北风刮起，叶子失去了平衡，像一只折翼的黄蝴蝶，在空中翻腾着，在坠地前做着最后的努力。"蝴蝶"飘落到了地上，夕阳将它染成了金色，如同天边即将逝去的火烧云……

泪，从我的眼眶里缓缓流淌了下来："你的梦成真了，但为此付出了一生的等待，耗尽了全部的精力，你……不后悔吗？"

它没有回答，依旧是静静地微笑，渐渐的，它合上了眼睛……

叶子为了追求梦想而耗尽一生，值得吗？只是，在我的心里，有一个声音一直在说：梦的存在，是为了追求！

与你同行

王瑞川

　　时间如白驹过隙，一晃16年过去了，昔日顽皮的男孩现已步入花季。

　　时间，你是我的朋友，是我成长的见证人。我的一举一动都在你的监控之下，我就像一只关在笼中的小鸟，永远摆脱不了你对我的束缚。

　　时间，你是魔鬼，你是陷阱。你经常趴在我的耳边说："出去玩一会吧，时间还长着呢！"意志薄弱的少年便丢下手中的功课，穿梭在夜幕笼罩下的城市中，哪里有热闹就往哪里凑，最终导致我的学习成绩不断下滑。我终于忍不住问你为什么，你还是用充满诱惑的口吻对我说："不忙，时间还长着呢！"

　　时间，你是严父，你是标尺。你对所有人都是公正的、平等的，你没有将我的时间缩短，也没有将他人的时间拉长。少时曾痴想抓住你的衣角，将你永远留在我的身旁。你从来都没有任我撒娇，依旧如标尺一般规定好我的成长轨迹。每当我想多看一集动画片，多踢一会儿足球，或在网络王国中信马由缰的时候，你总是将我拉回到永不停息的光阴之车中。时间父亲，我是你的儿子，你为何要对我如此严格？我永远都无法理解你那孤独高傲的心。

时间，你是慈母，你是春天。你对所有人都充满了关爱，给每个人都洒去阳光。你给了我足够的生活空间，我和其他男孩一样下河摸鱼捞虾，上山爬树掏鸟窝。我跌倒时，你鼓励我站起来；夕阳西下，你又站在家门口翘首远眺那晚归的顽童。你给了我与别人一样的童年、一样的幸福、一样的欢乐。我永远都无法忘记你，以及你平等博爱的谆谆教诲。

时间，你是天使，你是光阴。你在我上初三时帮助我战胜了魔鬼，使我明白了时间对于学习的重要。看着你那伤痕累累的身体，我不禁流下了悔恨的泪水，暗暗发誓将永远守护你！

时间，你是良师，你是益友。你指给我前进的方向。我已不再需要你的搀扶，但你永远是我的宗教、我的信仰、我心中不落的太阳。我已是男子汉，会将责任背在肩上，不再逃避。

与你同行，与你一同度过了难以释怀的16年，我长大了。与你同行，与你一起昂首挺胸向前迈进！

让我，背着点什么吧

李 茜

让我，背着点什么吧。让我背着整个天空的星辰，做南归大雁的领头，带着一颗颗盼望春暖花开的心，飞向远方吧。我不做"人"字形的一撇，我不做"一"字形的收笔，只做领头的雁。划破云端的脸，顶住扑面而来的气流，用力扇动双翅，开辟未知与希望。因为背着压力，我全速飞翔。

让我，背着点什么吧。让我背着重重的壳，背着我的精神家园，路过鲜花与沼泽，冒着雨雪，迎着阳光，爬向远方吧。我不做徘徊花丛的蜜蜂，也不做纹丝不动的蝉儿，只做缓慢的蜗牛。迈着细碎的步子，带着我的全世界，走吧。因为背着压力，我不再彷徨。

让我，背着点什么吧。让我背着家人的泪水，背着老师的话语，在无声无息暗如黑洞的世界里，在人们面前表现坚强吧。我不要鲜艳的花朵，也不要热烈的掌声，我只要做自己——海伦·凯勒。带着我的朋友们，走出深渊，走吧。因为背着压力，我全力以赴。

让我，背着点什么吧。让我背着对未来的希冀，背着迷路的恐惧，在这个铜墙铁壁的城市里，占有自己的一席之地吧。我不做低眉顺从的打杂工，也不做黑了心肠的偷儿，只做李丽红。从一开始处处碰壁到拥有自己的翻译公司，不断充电，不断学习。因为背着自己的压力，我打拼到底。

让我，背着点什么吧。让我背着同行的旅伴，在白雪皑皑里，一步一个脚印地艰难前行。我不会丢下他，也不会放弃，只知道为生命找个出口。最终，暖和了身子，与苏醒的伙伴共同逃出死亡。因为背着压力，我永不言弃。

让我，背着点什么吧。让我背着全村矿工黑黝黝的身躯，背着躺在床上饿得直哭的婴儿，拿出自己的钱财衣物，为所有人祈祷。我不要柔软的床铺，也不要可口的奶酪，我要和矿乡人民共患难，做个失意的抢救者。用慈悲抚慰劳苦的人民，用爱心拯救饥饿的儿童。因为背着压力，我不忍离弃。

让我，背着点什么吧。让我像鲁迅一样，背着全中国的麻木，向苍天呐喊；让我像三毛一样，背着沙漠的荒凉，奔跑在泪水里；让我像罗斯福一样，背着国家的苦难，大刀阔斧引领新政。因为背着压力，才能激发出斗志与韧性，创造属于自己的奇迹。

让我，背着点什么吧！

青春不言忧伤

徐夕佳

夕阳——吹落的忧伤

我坐在城市的一角，茫然地看着穿梭的风景，被血色的夕阳层层裹住。手指苍白得捉不住眼前的风景，眼泪叮叮当当，掉落一地。我仅是一个十五岁的少女，为什么躲在角落，守望时间成为过客呢？那是青春的烦恼，那是一种薄薄的膜，隔开了快乐与欢笑。我听到了，风将青春的忧伤，吹落一地！

海洋——蓝色的忧郁

我坐在遥远的堤岸，看蓝色的忧郁如潮水般涌向我的青春，我面临的是无法跨越的代沟，压得无法呼吸的憧憬和周围穿梭着的熟悉的陌生人，我疲劳得睁不开眼。原来，这就是青春的烦恼，那是一种黏稠的液体，在我的世界里缓缓流动，包围我残存的青春。我深深理解堤岸的悲伤，那是一种无法逃脱的痛苦，它与我一样，拥有青春的烦恼。夜晚，在梦中，一只小小的蛹在轻轻哭泣。

曙光——淹没了黑夜

朝阳将黑夜的寒冷一点点吞没。我睁开昏睡的眼，一杯浓香的牛奶冒着淡淡的热气，在房间里生成了一种温暖。QQ上闪动的头像，带来了新一天的希望。打开窗户的一角，涌进了一大片的金黄。我贪婪地呼吸空气中跳跃的氧。我开始喜欢这纯白的世界，呵！妈妈那么关怀着我，朋友清晨的问候，还有这可爱的世界，我如何能不喜欢？我发觉积在心头的烦恼，被新生的世界一点点赶跑。

朝霞——焕彩的青春

东方的天空被一片五彩的朝霞覆盖，我站在一大片的向日葵中，耀眼的金色让我睁不开眼。那五色将我的青春打扮；那青春的可爱的烦恼啊，我将你埋住，学期在记忆中，那是我年轻的宝藏，如醇香的咖啡，先苦后甜。若不经历苦楚，那细滑的香甜从何而来？我在蔚蓝的天空下，将青春的烦恼喊出，丢掉那些不快的日子，在明天升起的太阳之前，将烦恼忘却，永不放弃！

第四部分

做梦的季节

青春真是做梦的季节
梦在路上，梦在远方
梦想与庄稼一样须用双手翻耕土壤

在心中开垦出一方梦田
别想侥幸躲避毒辣的太阳
田间只剩一粒种子
也要用心呵护拯救希望

——谢义杰《梦田》

外出看云

（组诗）

李　唐

秋天来临

秋天来临。

到处都是丰收的味道。

人们走在麦地里，走在一片金色之中。

落叶纷纷，游人匆匆踏过。

公园里，双人椅已空了许多年。

秋天来临。

带着一点腐叶的气味。

秋天是件旧衣服、一张老照片。
秋雨过后，一扫萧瑟。
树木中，塞满了旧时的故事。

秋天来临。

因为美

因为美，我来到了这里。
这里秋天将至，落叶埋住我的脚踝。

因为美，我看到眩晕的太阳。
狐狸踏雪，没有留下脚印。
一次又一次美的象征令我眩晕。
美正像风筝在我内心穿越。

因为美，造就了距离。
美是自然的无上至宝，让人无法
越过。因为美，这无限的距离，
使无数个我死在路上。

因为美，我舍弃了外壳和口腔。
让我在无言之中接近你，无言地
感受身体的消失。鸟在那一刻飞起，
眩晕，因为美是一种极致。

外出看云

我走上旷野，内心
如同在擦拭一面镜子。
云的影子印在湖面，片刻就飘走了。

一朵朵云，在我头上挪动。
像是一块分开又聚拢的白布，
却没有剪刀能裁开这些好料子。

天空端上亮蓝的宴席，
我体内的风筝呼应着它们。
有什么能比好景色更让我感到兴奋。

树林

我开始醒来，发现与很多人一样
陷入了根须的阴谋中。
于是某些东西开始不吐不快。
我多想抱着一棵大树睡去。

貌似一只鸟从我身体呼之欲出，
厌恶一切苍白如脸色的东西。

我苦恼于苦恼的源头，亲爱的
为什么看美好的事物总像隔水观花。

树林很大，但也不是不可想象。
亿万生物和我同步生长，同进同退。
我看到喜鹊在远处，歌声落满枝丫
它们和我一样出落得一身干净。

瓜熟落地

当园里野草疯长，我来到这里
像一个真正的园丁，有一双干净的手，上面
刚刚沾满泥土的芬芳。
我抚摸太阳滋养的小伞：花朵。
让它们不易察觉的幸福的小刺悄悄将我刺伤。

我确信在干一件比蝴蝶更漂亮的活儿，
比蝴蝶更懂得珍惜，持之以恒。
我的蚯蚓松软泥土，我就像
一个游行僧赤脚走动，感受欣喜。

让一种温暖从脚掌传遍全身。
我在阳光下眩晕，坐下，擦汗
心被我擦拭得越来越明亮。
那个中午，藤蔓生长，瓜熟落地。

桃花扇

（组诗）

陈德远

秋浦河

看不出所有的生命都与河流有关
一条漂泊的，能抬得起头的河
揭穿了竹筏木舟漂流的命运之约
混凝土铸造的河岸
早已风干了白发三千丈的忧愁
在皖南，我没有看到秋浦河暴涨的野性
它甚是坦然和平静
江山易主，乾坤难移
有人从这里路过取得功名

也有人从这里没落而归

它注定是一条厚重的，不可遗忘的河流

不管秋浦河的姿势怎样摆放

也不去深究它的流向

现在的秋浦河灯火通明

即使这样

可谁又能保证谁一定能抵达长安

离 弦

飘浮的尘，寻着光斑的裂痕

像一匹野马，穿越河岸

历史的桥梁，坠入流水

在某个季节，拐了一个弯

最后打上一个寒战

望着走进荒漠的沙粒，在一滴一滴

锈蚀在杂草丛中。这一切

将无声无息的夜

默默地做出丈量，以及所有的

高度和深度。

悬空的月，洒向酒杯

被贪恋的蝴蝶，忍不住

饮了一口。那种比血还浓

比火还烈的光，一闪而过

犹如一柄剑

对视着前朝，凝望着今朝

桃花扇

桃花是娇嫩的

宛若恋人的手

丽质的容颜

早已在缘分中命定

你是我心仪的绝世佳人

我们约定要在桃花源里相会

你说你会来

不会嫌弃我这个文弱书生

你送给我一把扇子作为信物

你说想你的时候

就看看你绣在扇子上的桃花

如今，很多人辍学

只有我为了得到你

满怀热情地发奋苦读

春天的桃花年年盛开

却看不见你在桃花源里的身影

十年了，扇子的画面变得模糊

我依然执着地等待你的归来

只为再见到你一次粉红色的微笑

一只鸽子在飞

一只鸽子，长满了欲望

试图划破浓密的云彩

到达彼岸的末端

我虚幻的内心

映射出弓箭的模样

在水的倒影里

溢出，又被折断

惊呆了无边的岸

这是一只俗世的鸽子

霸占了我的领地

诱使我萌生杂念

草木并非草木

日月不是日月

天空失去静谧

流水成了死水

这是一只可怕的鸽子

藏在我的内心

随时准备毁灭世界

给自己

（组诗）

谢义杰

天　黑

眼前的树林是一座岸边阴森的黑山
沉睡的房屋散落成停泊的船坞
天黑，独有的夜的阴柔
静谧的夜色是流动的缥缈的海水

睡眠趁天黑蒙上每个人的双眼
在夜晚，每个人都可以相见
失去的与拥有的，陌生的与熟悉的

当天黑，一切都可以在梦中浮现

有多少人会关注夜色中的云水流烟？
黑暗中总盼望着一丝烛光
睁开了眼睛就不会有黑夜

月亮给天空蒙上一层透明的黑纱
星星点缀成明媚的白花
白天不是单一纯粹的白
天黑也是一样的名不符实

那年夏天

我想我找不到逃避的借口
承受六月骄阳的笼罩
那年的夏天，倾圮的回忆
时间也终不会掩蔽着灼热的阴影

关上窗户，合起窗帘
我厌倦与别人走得太近
干涸的双眼期盼着七月流火
我躲进封闭的房子，隔绝在自制的牢狱
我只愿沉睡祈祷一睡不起
沉痛的脑袋愿思想变成空白

当干燥的六月殆尽
我便习惯了与世隔绝
当忘记了眩晕的天蓝，雨季贸然来临
是时候开始重新思考了
沉睡了一个夏季，现在终于醒来
才明白自己不能被自己掩埋

梦　田

青春真是做梦的季节
梦在路上，梦在远方
梦想与庄稼一样须用双手翻耕土壤

在心中开垦出一方梦田
别想侥幸躲避毒辣的太阳
田间只剩一粒种子
也要用心呵护拯救希望

细 节

（组诗）

马列福

省 略

天和心一起暗下来

锄头靠在墙角，老牛就着月光

咀嚼春天的青草

星星悄悄滑落，偷偷加入

孩子们的木头人游戏

串门的汉子光着膀子

和大山举杯，划拳

黄狗正在进入梦乡

后半夜，省略以上所有
昏黄的煤油灯下
一个年轻女人奶过孩子，又穿上
一根很细的针

细　节

一场雨水
总会带来不少改变
比如禾苗的拔节，仰或树上
蝉鸣一阵响过一阵
河水清澈得
露出每一颗鹅卵石的寂寞
风吹得很低
比青草更低，又一场花期
马上要开始了
今天，村子里喜炮冲天
鸟儿们惊叹不已
走在迎亲队伍最前面的
就是当年那个牛背上吹笛的少年

真 相

我还在努力

走出秋天，走出

那一阵袭人的桂花香

生命的树上，记忆正凋零

孤独的午夜，梦里总是出现

一个清瘦的老女人

站在桥头，踮着脚尖

张望窄窄的村口

我的风，越吹越低

她正要开口

我忽然醒来，眼里的河水

已经漫上岸

这月光

今夜，又有一片好月光

大黄狗趴在电线杆的影子的杆顶打鼾

母鸡率领小鸡们，在院子里

啄着悄长的花影。不知道哪块石头下面

蟋蟀的叫声越来越有节奏

小溪里，流水潺潺

水面亮得像一面镜子

而镜子里，你打开木门

站到了这片月光的中央

你多么想沿着这月光爬上云端

可是一颗星星提醒你

要保持作为一个诗人的风度

你低头，却找不着自己的影子

这山顶

穿过山腰的竹林

和那阵沙沙声，上山的路开始变窄

一棵杨梅树骄傲地把他的枝叶

扩散到路中央

地上的果实和树上的一样幸福

一只四脚蛇卧在青石板上，优哉游哉的

风现在飞得很低

你隐约听到一个声音说道——

不要急啦

可是不自不觉中，你已经

爬到了童年的山顶？

你抬起头，太阳躲在云后面

这黎明

你打开灯，推开木门的时候
院子里的公鸡才昂起了脖子
紧接着，你听到不远处
响起很多希望的呐喊
天空已经白亮白亮
整个村庄露了出来，东边的山头
有一片红光慢慢升上来
那边的云朵也慢慢地被染红
可你顾不得多看，跨上自行车就走
你知道好时光是不等人的
门口的大黄狗抬眼看了看了你的背影
抽一下腿，又回到安静的梦里

第五部分

记忆深处的花朵

天空，放飞了梦想才觉得深邃。
海潮，远逝了涛声才觉得浩渺。
山峰，仰视着观望才觉得秀美。
教诲，静心地倾听才觉得亲切。

——周文亮《你听，多美》

飞飞，我想你了

陈 钰

夕阳流金，晚霞烂漫。

我推开教室的门，向前五步，右拐，向前七步，然后，习惯性地停下脚步。

傍晚的阳光，斜斜地映在面前的课桌上，光滑的桌面泛着炫目却刺眼的光泽，我轻轻拉出凳子，把脸贴在温热的桌面上，闭上眼睛，感受着你残存的气息，感觉到心底微微的痛楚。

在你离开我的第336个小时45分59秒，我坐在你曾经坐过的位子上，提笔写下：

飞飞，我想你了。

一

2009年8月，我们的初识。

我还清晰地记得，当我第一次走进这个实验班，面对着满满一室或锋芒毕露或精明内敛的同龄人，是怎样一眼望到了你的那双眼睛：淡定，温暖，带了点小小的羞涩，清明如水晶。

或许是命中注定吧，阴差阳错，你成了我高中时代的第一任同桌。高中生涯中的第一个晚自习，忘了是谁的开场白，只记得你说"啊，你也喜欢穿越"时亮若星辰的眸色和这句话导致的直接后果——从穿越扯到同人，从火影扯到仙剑，我们絮絮地聊了一整节晚自习，直到讲台上的数学老师面色铁青地走下来敲我们的桌子，才发现周围的人已经开始很勤奋地抄写《劝学》。

于是，我们的故事从一次神采飞扬的狂侃和一起垂头丧气的挨训开始，渐渐走向一个谁也没有料到的结局。

在高手如云的实验班里面，我们都算得上是那种成天迷迷瞪瞪的傻丫头，曾经一起对一道数学题咬牙切齿一晚上第二天才发现做不出来的根本原因是你把"0"抄成了"a"；曾经在英语课上你用笔戳醒因走神而没听到老师提问的我却换得我的一句"老师刚刚讲的是money"；曾经你用一整节晚自习写完一篇周记却听语文老师轻描淡写一句"这周周记我们来写首现代诗"；曾经在第一次数学测试中偷对答案，发下那张惨不忍睹的卷子才发现彼此的错误都没有被对出来……无论是你出丑我出丑还是我们一起出丑，我们都会愣愣地望着对方，似有一声令下，然后一起趴在桌子上笑到几乎背过气去。

即使只有我一个人，想起这些事情的时候，依然会情不自禁地轻笑出声，然后在莘莘学子鄙夷的眼光里，一直笑到眼泪悄悄盈满眼眶。

飞飞，我想你了。

二

你离开后的第二天傍晚，晚饭时分，我去食堂买了一小袋西红柿，然后坐在69号餐桌的东南角，在周围女生的大快朵颐里，感觉不到一丝饥饿的气息。

我知道，那是因为你不在。

曾几何时，你坐在我现在正坐着的位置上，手里举着一个西红柿或一包干脆面，满足自己食欲的同时还不忘满足比食欲还要旺盛的演讲欲，只是穿越这个话题在实验班实在太劲爆太前卫太不入流，每每你停下来换气的间隙才发现桌上人已经撤退了一大半，只剩某人双眸闪闪发亮地拍拍你的肩膀，说一句"此生不遇，如伯牙不得子期，相如不得文君"。

然后我们便一起从唐朝扯到清朝从肉穿扯到魂穿最后在当班值日生"你们怎么吃这么慢"的怒吼声中带着没吃完的杂七碎八落荒而逃。

现在我才知道，原来没有你，我的吃饭速度也可以这么慢的，因为我枯坐了这么久，居然什么都没有吃下去。

飞飞，我想你了。

三

周二这一整天，几乎是和体育课等价的，当然，还有你在体育课上肆意的嬉闹和明媚的笑颜。

做操的时候你总喜欢站我后面，于是本人的一举一动就淹没在你压抑着的笑声里，咬牙切齿的同时，体转运动便欣赏到你屡试不爽的招牌式微笑，于是便对那个解散后凑过来说"哎呀你做操好有小女儿情态"的家伙无可奈何。偶尔一次我站到了你后面，便得幸欣赏你那颇具"阳刚之美"的动作，几乎笑到岔气的同时，你愤愤来一句"总比那个×××好吧"，然后我们一起对着隔壁班那个滑稽的男生偷偷笑到人仰马翻。

当然，这都不是最疯狂的。

如果有人暗恋你（这人胆子得够大）的话，那么他人一定深受醋坛子的危害，因为每到体育课，鄙人就会收到你的无数拥抱加飞吻以及各式各样的表白。我一直觉得你很有外交家的潜质，可以用我数不上来的语种说出各种各样的"我喜欢你"。于是同学们在操场上经常可以听到你用高八度的声音含情脉脉地对我大声说上一通不知哪国语言的话，然后我一脸无奈地答道："好吧，好吧，我知道了。"

从你离开开始，学校暂停了体育课与两操，我头一次发自内心地感激学校：没有你，我真不知道该如何填补那些空白。

飞飞，我想你了。

四

忘不了那个刚过完周末回来的下午，你抱着那一大摞书，站在略略灰暗的走廊里告诉我，你要走了，去海的那一边。

我靠着墙，几乎情不自禁地伸手抓住你的衣袖，你带着我所熟悉的洗衣粉味道的衣袖，这个陪伴了我300多天的女子马上就要离开了，"相见恨晚"的感慨顿时蒸腾于心。

"那么，什么时候走呢。"

"大概，大概暑假吧……"

我微微释然。还好不是明天，还好不是现在，我想我承受不了你突然消失的空虚感，锥心的痛，顷刻断肠。

然而，人们往往会看到他们最不想看的结局。

飞飞，我想你了。

五

高考加中考的长假，我第一次去你家，你穿着咖啡色的套装出来接我，并肩走在绿荫遍地的小道上，我突然有了一种言情小说里"希望这条路通到永远"的矫情感。

"听说你要来，我爸妈收拾了一晚上，家里干净的都不像人住的了。"

"哈哈，你可不行，我最喜欢看别人家里乱七八糟的样子了，哈哈……"

我们相视，又一次笑到花枝乱颤人仰马翻。

我不知道该用什么话来形容这次出行。我来了，我简直是倒了八辈子的霉，可如果我不来，我也会后悔八辈子。

精致逼真的画作、厚厚的自写小说、满书房的历史传记、发表在校刊上的诗作，目不暇接的间隙，看见客厅角落里的一架钢琴，便缠你弹给我听，你笑笑说弹得不到家，一曲《水边的阿狄丽娜》

却如行云流水，美不胜收。潺潺的钢琴声里，我几乎悄悄湿了眼眶：我原以为我已经足够了解你，可我真没想到你居然是如此的优秀，你越是优秀，我便越是不舍得让你离去。

更何况，过去那个迷迷糊糊的傻丫头，我原本就已经很不舍得。

黄昏时分，你送我回家，在夕阳涂满的小道上，我们说了好多好多的话，我知道有些话你永远不会对别人说，你也知道有些话我永远都只会对你讲。

上车离开的时候，看到你在后面用力地挥手，用你体育课上招牌性的高八度嗓音，大声地喊着再见，夕阳映着你的样子，拖得很长很长。

飞飞，我想你了。

七

放假回来的第一天，你的座位空着。

别人问我你到哪里去了，我只摇头，淡淡一笑：或许她不愿意考试吧。

我想我知道你没有过来的原因，但是我不想确认，更不想相信，或许你第二天就会出现在我面前，拍着手乐颠颠地喊：哈哈哈哈，我逃过了考试。

考试结束了。讲评试卷结束了。一切都步入正轨了。你已经离去的消息，也终于传来了。

我知道你一定不是故意食言的，没来得及向我们道别的无奈，我想我懂。

　　刚开始的关注过去后，同学们也渐渐不再提你，只有我，还固执地吃着你喜欢的樱桃西红柿，哼着你喜欢的歌，坐在你曾经坐过的位子上，怀念你曾经说过的话语。

　　7月的教室，颇有几分蒸笼的气质，忙里偷闲到二哥办公室乘凉，他忽然问起："咦？许义飞到哪里去了？"

　　"她啊，她出国了。"我擦着汗浅笑，"也不错，不用在这里热到起痱子了。"

　　写到这里的时候，窗外已是繁星满天，灯火通明的教室，同学们埋头于高高的书本试卷中，没有人注意到我微微泛红的双眼。

　　记得你说你要离去的时候，我拉着你的袖子说：飞飞，我不想让你走。

　　你笑嘻嘻地说，我会给你发电子邮件的啊，要不就买一个中国的网卡，咱们在QQ上玩视频。

　　历史课本上说，现代化的交通和通信手段缩短了人们之间的距离，可是虽然我能看到你的面容，虽然我能听到你的声音，我感觉不到你掌心的温热，我感觉不到你扑在我耳畔的呼吸，我也感觉不到那股已铭刻于心的、专属于你的洗衣粉的芳香。

　　当我这里是黑夜的时候，你那里是白天，当我这里下雨的时候，你那里是晴天，这样，我们的世界永远没有黑暗和阴霾，我们的世界永远阳光灿烂。想想看，那该多有意思啊！

　　可是……可是我如果想你，怎么办呢？

　　嗯，那你就给我写篇周记吧，要把我写得好一点哦！

啊……那、那我不想你了……

缀满林荫的小道上，女孩子的嬉笑声似乎还响彻耳畔。我轻轻地在周记本上，把最后的一句话写完。

飞飞，我想你了。

你听，多美

周文亮

天空，放飞了梦想才觉得深邃。

海潮，远逝了涛声才觉得浩渺。

山峰，仰视着观望才觉得秀美。

教诲，静心地倾听才觉得亲切。

"70分不及格，真倒霉，"这个想法一直在我的脑中冲击着，让我痛苦让我愁。其他科目的成绩虽说不是很好，但还过得去，唯独这门化学，还是由班主任老师教的呢！竟然没有考好，老师虽没有来找我，我想还是应该主动交流，关系才可能有所缓和。慢慢地走到了门口，轻轻地推开门，老师正坐在桌旁批作业，一见我脸色变得冷淡，让我心惊胆战，"老师我想和您谈谈，行吗？"声音低低也不知他是否听见，就走到了他的面前，他那张绷得紧紧的脸松了下来，"坐"。我没脸坐下，弓着身子站在那里，因为平时只在课上听他滔滔不绝，自己很少做笔记，课后也很少回顾、反馈，考得差是自然的，但让我找个充分的理由还是很难的，我直直地站着等待着他的责骂。"我已经了解了你的情况，主科考得还不错，就化学没考好，哪里出了问题，现在我可以帮你解答。"亲切的话语一字一字地流进了我的耳朵。问"看书挑选重点吗？""全看，"他答。问"一天花多少时间学化学？""两个小时"问"做笔记吗？""做了感觉没有太大的效果，怎么回事？""做了以后要经常看并要想个为什么，这样才会收到事半功倍的效果。"紧接着他给我谈了很多学习方法，让我受益匪浅。我们一起在知识的海洋中遨游。我势单力薄，是他撑起双桨乘风破浪给我排除万难。

当下课铃响的时候，我们的交谈还未结束，此时此刻我们已经消除了师生的隔阂，彼此走进了对方的内心深处，他语重心长的话语，我认真地听着，慢慢地品味总是觉得意味深长，真美！多么和谐韵美的音符。

依依不舍我走出了办公室，外面的天空变得更蓝，大地变得更广，心情舒畅，精神抖擞，信心百倍，踏着时间的星冈，擎着不灭的火种，迈着夸父逐日的大步，抱着精卫填海的决心，我想我已靠近成功的彼岸。一句句话语将我送到了另一个世界。

智者的话语如同甘泉，从中涌出的水很少，但滴滴晶莹爽口，逆耳之言是配有黄连的中药，苦口但对症。

暴雨冲击着障目的尘埃，狂风刮起了撩人的嗓音，我静静地站着倾听着那和谐而美妙的教诲。

普通的年级第一

杨华秋

已 知

　　侯新颖，芳龄14，海拔不高，貌不惊人，一区区文静女生竟然多次获得年级第一，笑傲群雄，着实让我等望尘莫及。于是，有些人琢磨她脑细胞的数量；更有甚者妄图将她的脑袋刨开，用以研究人脑的沟壑到底可以有多深。她是不是大家想象中的那么具有传奇色彩的像神一样的人物？绝对不是。请看如下证明：

爱迟到

　　第一次务实培训课之前，她言之确凿地跟我说："明天你在学校门口等我吧。"放学之前她还特意跑过来说："你明天晚了的话，我的中午饭钱你掏哦。"到了周日，她久久未到。我以为是路上有什么事耽搁了，最后我等到花儿都谢了还是没有看到她。刚转身要进学校，就听见我的名字，我回头一看——是姗姗来迟的她。"好啊，你现在才来！都几点了？你可真行！"她特无辜地说："我今天起晚了嘛，下次一定不会迟到了。"看她也不像是成心放我鸽子，我秉着一颗宽容的心勉强原谅了她。第二次约定，我特意晚去了一会儿，可我竟连她的影子都没看见。后来走进教室，发现她的座位是空的，我简直有一种杀之而后快的心情。我多次叫她注意一下，好歹也是年级第一，老迟到怎么行。她却特有理："我晚上那么晚才睡，早上哪里起得来啊？"好像我还犯了错似的，什么人啊！

不抓紧

她每天写作业都写到12点，早上老是起不来。是她的手指不够灵活？还是她的笔不好用？后来一次无意的电话访谈，我才明白这个"刻苦"是怎样炼成的。有一回八点多了，我请她给我讲一道数学题，她懒洋洋地说："什么题呀？我刚起床，什么作业也没写呢。"我特好奇地问："你这么长时间都干吗去了？"她大言不惭："我回家之后先吃饭，看电视，然后就困了，就睡了……"我当时在电话的另一头都快要托不住下巴了："天哪，这就是一个年级第一的业余生活？"

讲义气

有时候，我觉得我俩的关系就像共产党与国民党，虽然总打得日月无光，但是一旦有外人欺负我俩中的一个，另一个一定会挺身而出。记得那天，我不小心叫了"野鸭"王晗的外号，虽然平时也有好多男生叫她的外号，王晗估计也打不过他们，这次她把压抑已久的怒火全烧到我身上了。多亏侯新颖与我合作，左右开弓。于是我们一个人推手，一个人挠痒痒，气得王晗连声说"不讲理""以多欺少"。虽然侯新颖不算高大强壮，但此刻她就是最膀大腰圆的人了。我以为她一心只读圣贤书，对于闲杂事情应该会袖手旁观，然而……

反　思

不过我最终发现侯新颖还是有自己的秘籍。她总是拽着我去办公室求学叩问，老师不在，她就向班中的二流选手不耻下问、广聚智慧。无论是《轻巧夺冠》还是《三点一测》，也统统被她收入囊中；我还发现她的笔记记得如群蚁排衙，上面还用各色笔深深浅浅地画出重点。看来，年级第一也不是平白无故获得的，也算得上多年苦修，终成正果。

结　论

　　综上所述，侯新颖并不是神仙人物，在生活中，她也会迷迷糊糊，磨磨蹭蹭，对待朋友也可谓"爱憎分明"，唯独对待学习超级上心。这么看来，她只是一个又真实又可爱又普通的年级第一。

开在记忆深处的花朵

林丽锜

不开的花最美，因为它不会枯萎。

但曾经，我是那么执着地守护一朵花开，看着它的绚烂看着它的死亡，然后心痛到无以复加。只是，我不曾后悔，因为没有人可以阻止，它在我的记忆深处，一直盛开……

时光逆转到两年前那个喧嚣的九月，初次涉足中学校园的我，遇见那时青涩如我的她。不会忘记的，是她那栗色飘逸的长发，透着孩子气的干净的脸，还有嘴角翘起的单纯可爱的微笑，给人一种阳光努力穿过厚重冬云直射大地的温暖。

"你很可爱。"我脱口而出。"谢谢。"清晰直率的回答。那层陌生的隔膜，就此打破。不过，那时我和她的关系，很浅，同学，同室，我是她的室长，仅此而已。

直至有一天。

"室长，我的饭卡丢了。""哦。"

"补办期间可不可以和你共用一张饭卡？""嗯。"

"谢谢。""哦。"

没有拒绝的理由，于是没有拒绝。从此，身边多了一个无法忽视的活泼的存在。我和她，变成了至今我仍无法准确定义的朋友。即使一个月后，她的饭卡补办完毕，也没有分开。隐隐地感到，我的生命，似乎自此多了一些难以言喻的东西。

还记得，我生日时她送我的裹着香珠的风铃，精致的粉红色的相框，还有溢满草莓味道的小糕点。

还记得，在熄灯后的宿舍里，我们坐在同一张床上，一人占据一边的耳机，安静地听着我喜欢或她喜欢的歌。

还记得，我流泪时她焦急递来的纸巾，我笑时她更加灿烂的笑。

……

真的，这些，我都还记得。

只是，那时的我们都不曾想过，在看似快乐的背后，孕育着怎样的覆灭。

直到现在，我都坚决地认为，让我们之间分崩离析的罪魁祸首，完完全全是我。

我是一个习惯安静的女生。初始她的吵闹她的撒娇，我不抗拒或许是因为新鲜，但是日渐磨过的时光，让我越发清晰地感觉到，比起两个人的笑声连连，我更倾向于安静独处的世界。

想喊停却找不到借口，只能焦虑地与生活作拉锯战。横亘在我和她之间的，是我愈益阴郁冰冷的脸，沉默，无声蔓延。多少次，她决断离去的背影，印在我布满迷雾的脑海里，久久挥散不去。

冷战，和好，如此循环。

可是，你知道的，当两个人之间的交流只剩沉默时，就像注定相交的两条直线，瞬间相会，然后，越离越远，再也，无法回头。

我厌倦了，真的，好累。

终于，在一个没有特意挑选的下午，我对她说："不如，我们还是做简单的朋友吧。"不亲密的那种，我在心里说。"随便你呃。"无法忽略，她言语中的赌气和伤痛。"现在真的好累。"我又补了一句。似自言自语，又像是说给她听。她没说话。

后来无意中在网络上看到她的日志，上面写着那时她没有说出口的话——"好像是我比较累吧。"

我苦笑，痛，总是相互的……

那朵镌刻着友情的花，彻底地凋谢在现实中，但却会在我的记忆深处，一直盛开。

一次愉快的嬉戏

秦 绮

每个人都有童年，每个人心中都珍藏着童年许多难忘、快乐的往事。我也不例外，儿时的一次快乐嬉戏令我至今难以忘怀。

每到夏日炎炎之时，定是我们收获快乐之时。正午，火辣辣的太阳当头高照，炙热的天气令人心烦意乱，就连树上的知了也在大声倾诉着它们的不快。这时，村上的孩子们一个个喜笑颜开，伴着欢声笑语奔向那清如明镜的小河，随着一阵"扑通扑通"的落水声，我们一个个扎进了河里。

有些调皮的男孩子大声向我们女孩子宣战："胆小鬼们，敢不敢和我们对战？"挑衅的语言、得意的神情，这些激起了我们的斗志，"来就来，还怕你们吗？"话音未落，狡猾的男孩子们已建好"泥台"，我还没回过神来，脸上就已经被糊上了泥沙。手上没有"炮弹"何来反击呢？"吃一堑长一智"，待我囤积足够的"炮弹"后便一头扎进水里，绕到"敌人"后面。枪林弹雨之中，我找到了报复的对象，小心翼翼靠近，由于怕被"敌人"发现，我利用"哑语"与同伴取得联系，我们采用前后夹攻的策略：同伴们在一旁吸引"敌人"的注意力，我则乘虚而入，当他们扎进水中去挖"弹药"，待从水中露头之际，我选定目标，将一袋泥沙倒扣于他的头上；这时，"敌人"后防失火，只得先救近火，女生们趁势进攻，每人手捧一大颗"炸弹"随时候命。"敌人"为了免去战败再吃一"炮"，他们只得"跪地求饶"。但男孩子中也有人愤愤不平，气急败坏地说："你们女生狡猾，乘虚而入，不是君子！""我们乃小女子也，自然不是君子！"我们银铃般的笑声在水面荡漾开来，这场"战争"我们以胜利告捷。

珍藏的童年趣事，令我回味无穷，让我经久难忘，一次愉快的嬉戏的回忆激起我童心的浪花，快乐在浪尖上荡着，荡着……

犹　豫

肖　堃

　　我认识一个人，他是我们家对门，叫阿K，去年刚研究生毕业。按理说，经济学硕士到哪儿都是热门，可是，到现在他愣没找到工作。奇怪吧？我告诉你，他这个人什么都好，就是做事太……算了，我还是先给你讲讲他的故事吧。

　　去年，他毕业一回来，就把自己关在屋子里，整整一个星期。"嘿，怪了，这犯的是什么病呢？"我心里嘀咕着。毕竟是对门，应该过去看看，我就去敲门。不一会儿，门开了，我一看，他气色还可以，就是脸上写了一个大大的"愁"字。

　　"干吗呢，一个星期都不出家门？"我问他。

　　"没干吗啊，就是在想问题。"

　　"什么问题让你想了这么久？"我疑惑更深。

　　"哦，就是我应该去哪里应聘啊？你说我一个经济学硕士，去事业单位吧，施展不开；去企业单位吧，干活太累，还不怎么稳定……"就这样，他一边说着一边踱着步又回屋了，留下了一个满心诧异的我。

　　"你抓阄儿吧！"我转身回了自己的家，顺便扔下一句。

不知是我的"建议"起了作用，还是阿K终于想通了，第二天，他拉着我跑到一家外企去应聘。我一个中学生能帮什么忙，不过是做个伴而已。一到公司门口，他扔给我一瓶"雪碧"，然后撇下我一个人进去了。

我可没多想，打开饮料就往嘴里灌。喝得正起劲，突然有人拽着我的胳膊往前跑，咽到一半的饮料差点没把我呛着，洒得满身都是。

"你……咳咳……你干什么啊……咳咳咳……"定神看清是阿K，我连咳带喘疑惑地问他。

"哦，对不起啊。我告诉你，刚才我无意中看见了一家公司的招聘启事，待遇比这家好，我们去看看？"他一脸兴奋，丝毫没注意到我的窘困。

"去就去呗，你应聘，你说了算！"我低着头，擦着衣服，没好气地说。

就这样，我陪着他又去了那家所谓的"好公司"。这样一来，可就一发不可收拾了：他说要"货比三家"，把所有招人的公司都转了一遍。可怜我宝贵的时间啊，从早上十点一直转到了下午五点。

"回家吧，你跑了一天也没找到份如意的工作，人家都下班了！"我略带怒意地说。

"好吧，也只好这样了。走，坐车去。"

我跟着他走到公交车站，盘算着回家美美地睡上一觉，然后再……

"喂，怎么了？"我发现阿K站在一边若有所思的样子。

"我在想坐什么车回家呢。坐公交车吧，又挤又慢；坐出租车吧，又太贵……"

我哭笑不得，转身——掏钱——上车——扔下一个仍在街上犹豫的他。

友谊之花

杜晓倩

蓝天因有了白云而显得活泼，山谷因有了小溪而显得生动，校园因有了友谊而变得丰富多彩。朋友是茶，是人生中最值得品味的，在茶中放牛奶，就像朋友之间加上了功名利禄，友谊变了质。友谊是纯洁的，朋友之间更应以诚相待。

还记得上次，我头痛的毛病又犯了，在吃了药之后感觉好了点，就去上课了，没想到头痛又复发了，临近考试，为了不耽误上课还是坚持了下来，可是，头痛着上课我什么也听不进去。下课后，小飞看到我脸色苍白，便陪我去了校医室，到了那我便让她快去上课，她就像没听见一样，直到医生"发话"她才离开。上课时间，打针的人很少，有两个小女孩也很快就打完离开了。独自一个人显得房间格外寂静，我品尝到了孤独的滋味。这时，下课的铃声响了，我静静地坐在床边，一个熟悉的身影映入了我的眼帘，小洋走进来了，随即，小益和小冉也来了，他们不停地问候我，我的眼里直闪泪光，看着他们，时间在流动着，突然我想起要上课了，便下了"逐客令"。

　　放学了，我的点滴还没打完，小曼和小娟来了，小娟看了我之后就离开了，小曼留了下来，她帮我倒了垃圾，因为我刚刚吐了，看着我手按着针口处，还帮我系鞋带。为了更好地照顾我，她让我去她的宿舍，之后，小益和小冉为我打好了饭，端给我吃。同宿舍的人不停地问我，关心我，泪水又一次在我的眼里闪烁。她们让我感受到了无比的温暖，我相信，这是真正的友谊。人的一生不可缺少友谊，友谊要用真诚去播种，要用理解去护理，要用热情去浇灌。

　　我们用友谊写一本书，一本厚厚的书。在书里，友谊如珍珠，我们共同穿缀，联成一串串璀璨的项链；友谊如彩绸，我们共同缝制成一件绚丽的衣衫；友谊如花种，我们共同播撒，培育出一个个五彩的花坛；友谊如油彩，我们共同调色，描绘出一幅幅美丽的图画。

　　友谊是人的一生中最纯洁，最可信赖的感悟，是点染美好生活，营造和谐社会的一曲动人的歌，是人生旅途上的璀璨之花。爱因斯坦曾说过："世间最美好的东西，莫过于有几个头脑和心地都正直的严正的朋友。"生活中存在着许多友谊，快乐源于友谊。品味友谊，感受友谊的魅力，让友谊之花在华夏大地绽放，绽放……

第六部分

绿色的脉动

可是现在，一样的鸣蝉，一样的下弦月，一样的草丛早已褪去了那么多古老的故事。我希望它们散在空中，化在风中，留在一圈圈滋长的年轮中。

——朱晗《一样的蝉鸣》

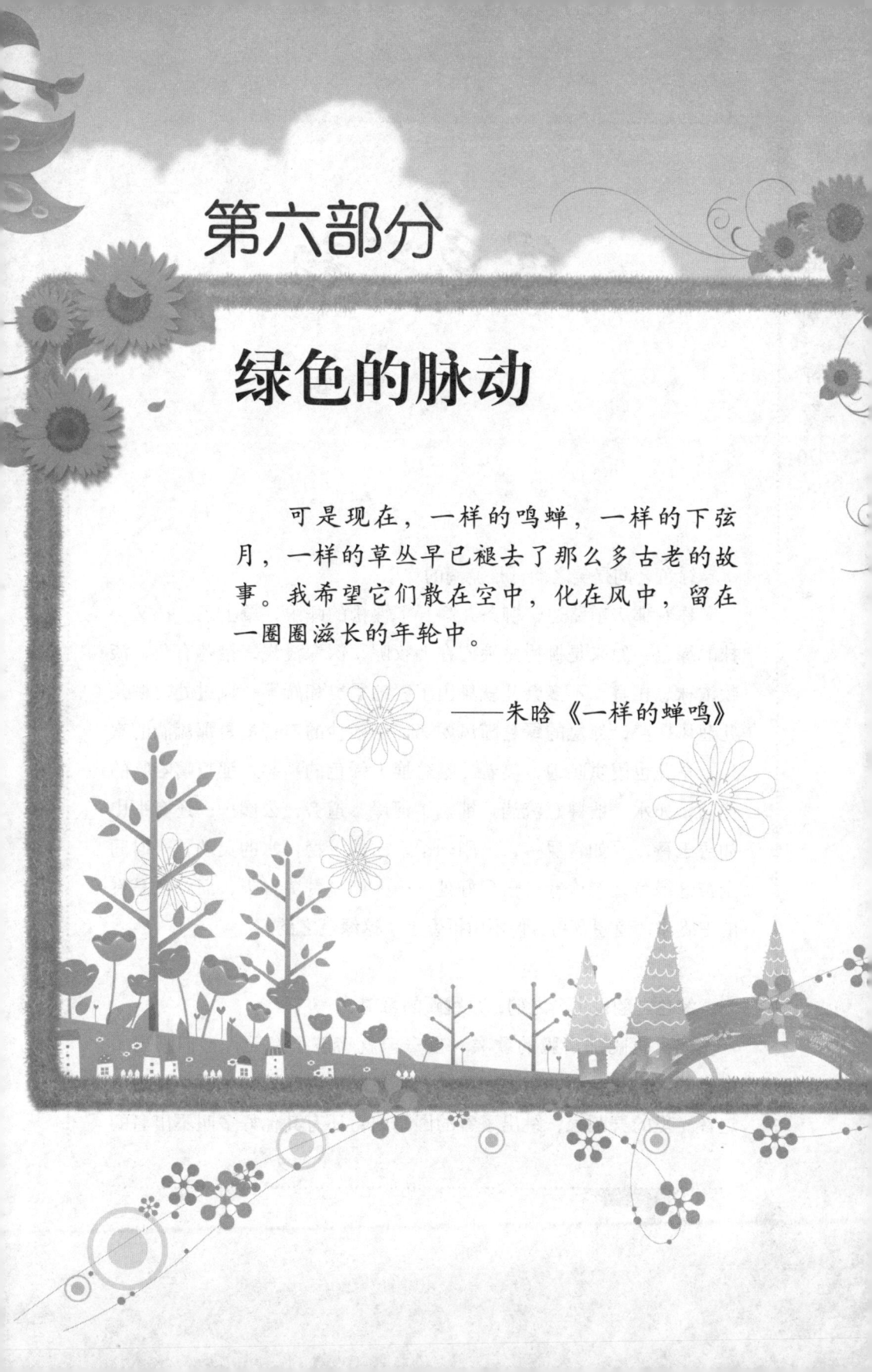

绿色之韵

岳 睿

绿色之韵是美之韵，是流淌的欢乐。

你看那房前路边，柳条儿睁开了惺忪的睡眼，罩上了一抹又一抹的绿色，原来是柳树姑娘们在上妆呢，深深浅浅，错落有致，淡妆浓抹总相宜，不多会儿就舞出了春的柔美和妩媚。风过处，柳条儿迎风摆舞，氤氲的绿色随风飘荡，那沙沙的声音就是那流淌的欢乐。草儿也闹哄哄地，笑着、嚷着换上绿色的新装，那嘻嘻哈哈的律动，如水一般肆意流淌，铺满了河岸、道旁、公园……还有那山如碧玉簪，水如青罗带，一刚一柔，山的沉稳，水的灵动，一时间全被这绿色之韵诠释得恰到好处……人们爱赞美春天，而绿色是春的主旋律，爱屋及乌，便不由得爱上了这绿色之韵。

绿色之韵是生命之韵，是跳跃的希望。

你听黄鹂那清脆的歌喉，仅一声就啼破了春天，它们唱出了生命的喜悦和希望，空灵而蓬勃；百灵的爪尖在枝头一跃一跃地，这春光里的舞蹈家，跳出了春的圆舞曲；还有其他好多叫不出名的鸟儿们，叽叽喳喳地飞来飞去，忙着筑巢，忙着哺育小宝宝，忙着交朋友、唠家常——绿色的森林成了它们祥和的保护伞，伞底下到处洋溢着生命的韵律。还有呢，你听到种子萌发的声音了吗？你仔细听，窸窸窣窣的，种子睡了一冬天，积蓄了一冬的力量，现在苏醒了。它们将要踢开厚厚的棉被，饱览这旖旎的绿色大地。有句诗说："种子一被罚站，就成了树。"种子们可不服气了，它们在反驳："一切生命，始于深藏不露；一切成长，注定沐风栉雨；一切收获，注定香飘万里。成长的过程，生命的蜕变，岂能够如此轻描淡写？"正是因为有了这些蓬蓬勃勃的争论，绿色之韵——生命的律动才得以凸显啊！

绿色之韵是盛世之韵，是奔腾的和谐。

你瞧春风又绿神州大地，荡漾着一派和谐。绿色奥运的足迹踏遍了北京，走遍了中国，更飞向了全世界！让北京的天更蓝、水更绿，每个人都贡献出自己的一份力量：从捡起一片纸到种下一棵树，从垃圾分类到构建节约型社会，从保护环境人人有责到迎奥运、讲文明、树新风。绿色奥运已经深入了人心，成为连接起每个人的责任与使命的绿色纽带。二〇〇八沸腾了北京，盛况空前，需要的不仅仅是激情，更是那盛世之韵——奔腾的和谐！

绿色给了我们生命，给了我们欢乐，点燃了我们的希望，为我们营造了和谐的氛围，给我们的生活增添了无穷的乐趣。

愿绿色永驻我们每个人心中！

一样的蝉鸣

朱　晗

悠悠夏季，燥热的风晃晃地吹起。人好像都在空气中慢慢地融化了。肢体似乎没有了分界，连同单薄的衣服卷起了一团团的火球。柏油路似乎都被融化，拉扯着人们步行的脚。

乡间却是另一般滋味。风像洗了一个冷水澡，清凉地拍着脸蛋。小草们疯狂地长成一片及腰的草丛。瞬间，一切都变成了绿色。充满了生命活力，诉说着一个又一个美丽的故事。刚下过雨的山上，在缝中不时地冒出一眼清泉。在陡峭不平的山路上欢快地飘下，形成了独特的小气候。

夜晚，搬出一张小小的木凳。坐在草丛中。脚边开满了不知名的小野花，他们趴在了我的脚背上，睡着甜美的觉。不知是远处还是近处的蛙，正在此起彼伏地叫着，好似在开一个魔法世界的舞会。每个生命都是那么的欢乐，并没有高科技渲染的无知。

突然想起小的时候，也是坐在椅子上，太奶奶拉着我肥肥的小手，扇着那把似乎永远不会破的扇子，讲着她小时候的故事。那里有好多好多奇妙的事：有地道战，有防空洞，还有那立在山脚下的小卖部以及里面的麦芽糖。每每讲起这个，太奶奶就两眼放光，好像有一群精灵在舞蹈。脚边的蝉也似乎被太奶奶吸引了，停止了鸣叫，乖乖地听着。眼前的下弦月，久久没有暗淡它的光芒。

可是现在，一样的鸣蝉，一样的下弦月，一样的草丛早已褪去了那么多古老的故事。我希望它们散在空中，化在风中，留在一圈圈滋长的年轮中。可那一串串年轮无法修补我的回忆。

童年如泛黄的纸，撒在经过的角落。它们会有缺口，但你无法修补。我只有在心中默默地回忆，那曾经属于我的快乐。

菜园小记

钱俊男

"阳春布德泽，万物生光辉"，一场酥雨过后，我家后院那片小小的菜园就又开始了一次平凡而光辉的生命轮回。

菜园并不大，满打满算也不够1分地。没有山水亭榭，没有斑斓的鹅卵石砌成的曲曲幽径，那里只有一片黑土地，爸爸刨出的几条细垄勾勒出了菜园的诗行，几根黄灿灿的竹条搭出了菜园的一道风景。菜园虽不大，却给予了我很多快乐和生活启迪，我对这片小小的菜园有着说不出的眷恋，那里的一棵菜，一捧土，一处风景，都让我魂牵梦萦，乐不思蜀。放学后，写完作业，我常常和爸爸一起在菜园里忙碌，刨垄、搭架、间苗、掐尖、上水，每一道工序都是那么庄重而神圣，都是那么富有情趣和魅力——这是在与生命作近距离的倾谈啊！我就在这个过程中和爸爸一起体味生命的内涵。哦，小小的菜园，就是一本《醒世恒言》啊！

"繁枝容易纷纷落，嫩蕊商量细细开"，春深的时候，菜园里一片碧绿，绿得朦胧，绿得醉人，摄人魂魄，沁人心脾！看吧，菠菜绿得野，黄瓜绿得幽，芫荽绿得鲜……一畦畦傲然不群，流光溢翠，向大自然展示着它们旺盛的生命力和独特的性格。阔阔的叶，纤纤的茎，淡淡的花，幽幽的香，清妙，飘逸，高雅。在夕阳的映衬下，如烟，若雾，似仙，缥缥缈缈，袅袅婷婷。正如爸爸所说，这些蔬菜，虽然品种不同、生长姿势不同，但却有一个共同点：不事张扬，静静生长，和平共处，进取向上！一垄垄蔬菜，能够长到心清如水，生机盎然，难道不是一种风格、一种襟怀吗？每次站在菜园里，我都沉于一种遐想，为它们所感动，所震撼。哦，小小的菜园，也是一篇警世喻理的美文啊！

盛夏一到，菜园里就更热闹了。瓦蓝的天空下，各种蔬菜茁壮成长，它们舒展着翠绿的腰身，洋溢着生命的朝气，无声无息，宁静自然。看到它们，我每每羞愧于我平时在生活、在学习中所表现出来的浮躁不实、畏首畏尾。"耐得住寂寞，才能茎壮叶肥"，吟咏着爸爸写的诗句，我回到房间翻开了课本……哦，小小的菜园，还是一座微型的人生舞台啊！

我感谢这片小小的菜园！

最动听的声音

郭 聪

大千世界，声音无数。有人喜欢幽雅古典之音，有人为摇滚而疯狂，而我，最喜欢倾听自然界的声音。

听，花开的声音。

春风渐渐送暖，花开始一簇一簇地绽放。迎春花亮黄的坚强与桃花粉白的温柔都很美丽，一朵朵小小地绽开在弯弯的细长的枝条上，带着一点点任性的年轻冲动，还有不易察觉的刚强。

斜斜的阳光洒下来，落在盈盈花朵上，这些历经凛冽寒冬的年轻生命告诉我，没有什么会被淹没，一切都有希望，因为这正是花开的季节。孟子曾说："天将降大任于斯人也，必先苦其心志，劳其筋骨，饿其体肤，空乏其身，行拂乱其所为……"他不会骗我，花儿也不会骗我。

听，叶绿的声音。

夏风渐渐吹响，叶开始一树一树地绿。白杨绿得透骨，柳叶绿得纤细而又迷人，仿佛黛玉那似蹙非蹙的弯眉。

搬一板凳，坐在树下，放眼全是绿色。绿得美丽，绿得温柔，绿得热烈。感受着绿色带来的清凉，我仿佛看到炎炎烈日正在炙烤着它的每一缕叶脉。这些坚强而短暂的生命告诉我，生命很短暂，更值得珍惜，要让有限的生命发出无限的光芒。奥斯特洛夫斯基曾说："人最宝贵的是生命，生命对于我们只有一次。一个人的生命应当这样度过：当他回首往事的时候，不因虚度年华而悔恨，也不因碌碌无为而羞愧……"他不会骗我，绿叶也不会骗我。

听，叶落的声音。

秋风渐渐紧了，绿叶又换了一套新衣服，好像将要出门远行。秋风来了，它们飘落、纷飞，我伸手要去接住它们。这些坚强的生命却告诉我：谢谢，不用了。我们的生命一结束，便要化作泥土，来护佑明年的新叶、新花。我不禁想起了龚自珍说的"落红不是无情物，化作春泥更护花"。

花开的季节，我听到花开的声音。它说，穿越严冬，才会迎来春的亮丽。

叶绿的季节，我听到叶绿的声音，它说，时间抓紧了，不是金子胜似金子。叶落的季节，我听到叶落的声音，它说，把自己奉献给社会，你将收获充实的人生。

花开的声音，叶绿的声音，叶落的声音，它们汇成最动听的声音——自然的声音。

夕阳中的老人

盛晓玲

这是一个晚霞满天的傍晚，残留的阳光平静地洒在一块灰黄的草坪上，其间奔跑着几个十来岁的孩子，玩得很是尽兴。

一个小小的足球伴随着孩子们欢乐的笑声腾起又落下，不知谁漂亮的一个倒钩，球腾空而起，落在不远的小花坛旁，正中一位老者的后背。老者回过头来，短暂的惊愕之后，慈祥的笑容缓缓绽放在夕阳的余晖之中，祥和、安谧，又充满沧桑。老人俯身拾起球轻轻用脚一勾，踢给孩子们，孩子们惊喜地跑开了，老人脸上洋溢出幸福的光芒……

我心中的一根弦仿佛轻轻地拨动了……

我无法描摹出自己对那老人感受的强烈。一头白发，抹不去岁月的风尘；细密而又深刻的皱纹，向时间的深处延伸。苍老的人啊，生活中一个渺小的细节也让你重温那童年的欢快纯真。

时间正值初冬，人同大地一样进入一种成熟平静的状态，经历过浪漫的春季，跨过了热烈的夏季，感受了成功的秋季，老人已体验人生应有的一切新奇。如水的心境守候着初冬，只因为一群冒冒失失闯进自己视野里的孩子，未来的希望便像夜晚的灯火渐次点亮起来了。

"希望是半个生命"，老人的笑容浓缩了人生初冬里最动人的阳光。

心中充满了希望，便燃起了对未来的渴望，谁不留恋无限好的夕阳，既而憧憬明晨的霞光；谁不欣喜新事物的出现，既而幸福地畅想子孙后代未来的美好岁月啊！

老人安静地走开了，步伐轻松、大度、从容。

诚如一棵遒劲的老树立在初冬的阳光里，飒飒的寒风扫落一枚枯黄的叶子，而一片嫩绿的叶子同时立在枝头上，落叶无限思念地回望曾经的岁月，在自己曾经站过的坐标上，一片绿色的身影生机勃发，飘下的，便回归到大地中，而生命的希望却绽放在枝头之上。

老者走了，谁也不知道他走向何处，余晖拉长那轻松的身影，同时也将他美好的希望定格在那永恒的瞬间。

弈 棋

陈晨曦

棋如人生，我发现这小小的棋盘也能反映偌大的人生，象棋文化和人生一样有着深刻的内涵。

两人对弈，胆大者棋风泼辣，刚开始便全线出击，奋勇前进，大有"气吞万里如虎"之势；胆小者，重于防守，步步为营，举棋不定，唯恐出现一招之差，便坚持"人不犯我，我不犯人"的原则。稳重的人，深思熟虑，棋风矫健，貌似平静，却早已成竹在胸；轻浮的人急躁不安，急功近利，下棋不思后果，终因一招之败满盘皆输。工于心计的人第一局故意输给对方，以增加对方傲气，灭其防备之心，进而暗探对手套路，以谋对策，然后避人之长，攻其之短，处处设置陷阱，请君入瓮，直杀得对手一败涂地，俯首称臣为止；高傲自大之徒往往瞧不起对手，摆出一副唯我独尊、盛气凌人之势，对手往往也被镇住，但此等人并无真才实学，所以也难有胜券……人们不同的性格、不同的心态都在这楚河汉界中表现得淋漓尽致。

棋之静，如一池春水，波澜不惊，但一旦化静为动则狼烟四起，杀戮大开，双方死伤无数，那气势绝不亚于硝烟滚滚的战场。

　　棋逢对手的确是一件快事。双方坐定，大战三百回合，直杀到天昏地暗，不分胜负，双方都不免心情烦躁，导致大意"失荆州"，被对手抓住了机会，穷追不舍。确认败局已定，胜利无望之际，忽又眼前一亮，柳暗花明，猛然回马一枪，直捣黄龙，对手亦无防备，终以败局告终。此时顿觉心情畅快，回味无穷……

　　其实人生就是一盘棋，生活便是对手，自己只有不断地吸取经验，总结教训，不断完善自我，方能取得胜利。

不解乡愁

曾晓瑜

不解乡愁。品不出那愁满白头的思念，看不透那镜花水月的温柔。所有的，只是一种在被问及家乡时的迷茫与怅惘，若有若无，时阴时晴，却如风筝下的一根细线，紧紧地，连着那扯不断的眷恋。

童年无声地滑过，氤氲着雨后微湿的梦。玻璃窗上水雾迷蒙，一块一块。江南是柔曼多情的风和剪不断的如烟丝雨，如一幅曼妙的水墨画，就这样不经意地泅进了我不眠的梦中。

街角的一个老奶奶，总穿着一件小夹衫，如今已忘了她姓甚名谁——她家里窗上、墙上，都贴有缤纷秀气的剪纸。在那不大的屋里，不经意地，就会看到哪面墙上正有一个精致细腻的剪纸花，在灼灼地冲你笑，那么生动灵活。新年的早春的燕子、云端戏珠的双龙、隔岸的桃花、温柔轻颤的蝶翼……奶奶的手刻满了时光的记号，灵巧地在一层薄纸上上下翻飞。她的神态专注而宁静，如同在雕刻一朵盛世的花。奶奶的手来来回回，剪纸，剪碎了时光如梦。

最美是初夏。不知名的小黄花妖娆地开满枝头，沉甸甸地摇曳起舞。风中漫卷着淡淡花香，我坐在南面的台阶上，看一树的芬芳被吹落满地。无端地就想起"自在飞花轻似梦，无边丝雨细如愁"，当然，我是不懂愁的。黛玉的蛾眉，李商隐的泪，陶庵的遗世独立，我都不懂。等到黄花落尽，我就要放下书跑出去——镇南的灯会好热闹呢!

后庭的池水依旧一年年地绿，夜雨在河面上敲出一圈圈不定的足印。我却开始闹着要回家——回到那个更加奇异缤纷的城市里。外婆说："为什么呢? 这里的枣粥不香吗? 外婆带你去坐船!"然而我仍然固执地离开了，离开了那小镇，离开了那清冽如水的月色，选择了麦当劳和夹心糖。

而如今，这若有若无的惆怅，被时光凝成一阵淡淡的香气。不解乡愁，没有如烈酒般的思念，没有字字珠玑描述出的向往，却戒不掉那烟雨迷蒙的画面，在每一次回想时，都在梦里静静地回放，黑白而无声。

那已失散多年的小镇啊，可有岭南的海风带去我无声的呼唤? 万水千山，带着你那无以复加的温柔，静静地，守护着她遗落在千里之外的游子那不归的梦。